گل آفتابگردان

اغلاط چاپی «گل آفتابگردان»

صفحه	سطر	غلط	درست
۱	۱۰	مخدر	مجدر
۲	۱۹	ازدهام	ازدحام
٤	۷	ازدهام	ازدحام
۸	۹	ازدهام	ازدحام
٤۸	۸	جلیه	جلیله

فیروز حجازی

- گل آفتابگردان
- فیروز حجازی
- از انتشارات ایران‌بوک، بتسدا، مریلند، ایالات متحدۀ امریکا
- نقل بخش یا بخشهایی از داستانها، فقط با ذکر مأخذ آزاد است
- روی جلد از دانیل گینتر، با ایده‌ی فیروز حجازی
- حروفچینی کامپیوتری، صفحه آرایی و چاپ بتوسط مؤسسۀ «پیج»، آرلینگتن، و یرجینا
- بها ۷ دلار

فهرست

پیشگفتار ۱
گل آفتابگردان ۶
از دریچهٔ وجدان فلسفی ٤۳
تا شهر گوهرین ۵٤
روزهایی از مدرسه ۸٦

دفتری که بنام «گل آفتاب گردان» بچاپ رسیده است مجموعه‌ای است از چهار داستان کوتاه. در این دفتر «روزهائی از مدرسه» از مجموع داستانهای دیگریست که هنوز بچاپ نرسیده‌اند؛ ولی بد نبود که گریزی از سبک و حال فلسفی این چند داستان کوتاه نمود و «روزهائی از مدرسه» را هم در همین دفتر بچاپ رساند.

پیش گفتار

سالیانی است که با چشمان بسته‌امان و مشغولیات بیهوده و ناچارمان، در تکاپوی پر نخوت زنده بودن، سهمی بزرگ از فضایمان را به حرف زدن انباشته می کنیم، که تابشی از اندیشه‌ی ماست، عامل شگرفی که ما را از دیگر موجودات متمایز می دارد.

سالیانی است سعی کرده‌ایم با الفاظ و جملاتی نارسا حرفی زده باشیم که در تلاطم رفتن اعتباری بیابد. ولی تزویر و زیرکی بر خوان نعمت ناپایدار، قدرتمندان تلاش آفرین را به افزونی در تاریکی گرد آورده است، و اینان با حیله و نیرنگ روزنهای کاذب می گشایند و آئینه را مخدر می نمایند و مردم را به عادت تلاش پوچی و بردگی خاکی به سفر می گیرند.

هر چند در این رهگذر هزاران سال، همواره هزارانی بوده اند که آزردگی بر دیده نهادند و درد بجان خریدند و فریاد به همسفر که راهی به خورشید بیابد، روزنی که تابشی افکند و فریادی که استوار کند حرمت دشت را؛ که هنوز جای بودنشان را در تاریک شبی در میان تلألوی ستارگان می توان یافت.

و اما آنان که بستند دریچه ها را بر مسافران دیگر و آنان که

در رسالتشان کاروان را نه به درستی بردند، که در توقفشان سقفهای کاذب آذین بستند و فضا را متأثر از پلیدی نمودند تا جایی که سرگشتگی راهیان امروز به حدیست که دل بستن به هیاهوی گمراهی عادتیست استوار.

و ما در گذشت روزگاران همواره دشتها را با لاله هایشان لگدمال کردیم و پیام را از دست نسیم نگرفتیم و چون همیشه پنداشته ایم که فقط مائیم در حد زیرکی و کمال در این گردونه‌ی شگرف، روز بروز نخوت و تجمل اشرف بودنمان بیشتر می فریبدمان و از محدودیت دیدی که داریم، داستانهای هجوی می سازیم و ما بیچارگان، خداوند را در این نامحدود تصورات خود بزرگ بینی خویش، شریک افسانه های شکم پر سیری امان می کنیم.

در این هزاران سالی که رفته ایم نگاههایی از موجودات دشتها را که چون تابشی از پیام خورشید دور و مستقیم غروب بود، جدی نگرفتیم و جنگها و جنگها بر افروختیم و امروز در این آلودگی آزرده ایم مفهوم خلقت را، تا جایی که دروغ را هر چه بزرگتر باشد بهتر باور می کنیم و در گردشمان از مردم مزور رهبر و راهنما می سازیم تا راهمان را بیشتر گم کنیم و همواره با شادی در ازدهامی گنگ از بزرگ دروغ گویان و مزوران زمان استقبال می کنیم و آنان را به رهبری دینی و سیاسی خود بر می گزینیم تا روز به روز نه فقط در حباب تزویر مخدر حاکم بر

پیشگفتار

محیط فروتر رویم، بلکه باقیماندهٔ اصالت اندیشه برهنر و عاطفه بر عملمان را نیز بنابودی بکشانیم، آنچنانکه افسرده ایم روح بزرگ آنان را که هفتصد سال و هفتصدسالهای پیش به سختی راهی که داشتند، افروختند چراغی به تاریکی امان.

به گذشت هر روز کلمات معنی و مفهوم خود را از دست می دهند و اعتبار و اعتماد مردم به یکدیگر کمتر می گردد و دیگر به گروههایی که به قدرت می رسند تا در اجتماعات مردم دونده ی عرق ریز، احزاب و سیستمهای حکومتی را در حیطه ی تسلط خویش داشته باشند، نمی توان به آنچه در احقاق حق و ساختن محیطی انسانی برای توده ی مردم، ادعا می کنند، اعتماد داشت. امروزه با بهره بردن از تکنولوژی جدید بیشتر از هر زمانی سعی می شود ملتها را در خامی و تاریکی توقفشان داد، کم کم مسجد و کلیسا از دست مردان خدا بدر می شود و نطفه های خیانت به گروههای بی دفاع مردم در این مکانها به دست کشیشان و عالمان جدیدی که همکلاس شیطانند، بسته می گردد و بزودی خدمتگزاران واقعی مسجد و کلیسا را در کوره آبادیهای دور در جمع تنهائیشان زندانی انسان بودنشان خواهی دید.

به سالیانی دور سرمان را به ساختن و انبار کردن برای خود گرم کرده ایم، خواسته ایم دنیا را ترقی دهیم، پنداشته ایم که هوش و ذکاوت ما بر آن است که بهشتی بیافرینند، ولی هر روزه

پیشگفتار

در جاده‌هایمان غوغائیست عظیم از رنجیدگان و دلشکستگان، که ارزانشان فروخته‌ایم. جاده‌هایی که بوجود آورده‌ایم بین خودمان جدایی افکنده است و وسایل نقلیه‌امان هرچه سریعتر می‌شود دوست را کمتر و دورتر حس می‌کنیم، زمان را، فرصت خوب زیستن را، بریده‌ایم و هر روز هم بیشتر می‌بریم و کوتاه‌ترش می‌کنیم، انگار که اطراقی هفت هزار ساله خواهیم داشت. عجیب این که هرچه به ازدهام نزدیکتر می‌کنیم تنمان را، تنهایی و بیگانگی جانمان را بیشتر می‌آزارد.

و ما ساخته‌های خودمان را چون بت بر خود چیره می‌داریم و شاید لحظه‌ای دیده بگشائیم و افسوس بخوریم که روزگاری دور، فرشتگان را، که تا کنار باغچه‌ی کم گل حیاط کوچکمان پائین آمده بودند، از خود آزردیم.

و اما جوانان پیر هزاران ساله‌ای که می‌بینند نجوای درختان را و فلسفه‌ای دارند و دیدی و حرفی و می‌شناسند گل لاله‌ای را در دشتی دور و حرکت شهابی را در غوغای غروب و می‌دانند که برگ درخت انگور حرفی دارد و شاید دریافته است آغاز و پایان را، چیدن و رفتن را، این جوانان پیر می‌کوشند، درکوچه‌های تاریک این زندگی تلاش می‌کنند تا روزنی بگشایند و فانوسی فرا راه رهگذران بگذارند، تا ما که گناهکاریم بر خود حاکم نکنیم ظلم را و دیدگان را به سوی خورشید که همواره تابیده است معطوف داریم حتی برای

پیشگفتار

لحظه ای.

و اما، حرف این لحظات فریادیست نارسا در رد آنچه بر خود مستولی کرده ایم، این چند سطر سخنی است فشرده از همیشه روزگاران، که کوتاه و بریده است که دیگر نیست آن فرصت غنیمت برای همسفر، و داستان پیام را باید شتاب زده و کوتاه بیان نمود، شاید بر دلی نشیند، باید حرفی گفت از سالهای سال رفتنها و پیوندی ساخت با دیدگان آشنا و داستان کهنه را باز گفت و برای لحظه ای نگاه سر در گم در زمین را بسوی روزنی بالا تر جلب نمود و برای آنی احساس رضایت کرد.

و این کوتاه سخن داستان گونه اشاره ای است، شاید قدرت گشودن روزنی را در خود نپخته باشد ولی روزن را نشانه ای رفته است.

گل آفتاب گردان

ایستگاه راه آهن جای سوزن انداختن نبود. عده‌ای با عجله به طرف قطار مورد نظرشان روان بودند و بعضی ها با زحمت زیاد بار و بنه‌ی خود را حمل می کردند و چهره‌اشان از نگرانی از دست دادن قطار در هم بود. بار برها چرخهایشان پر بود از چمدان و کیف های رنگارنگ با اشکال مختلف و آنها را طوری روی هم چیده بودند که گوئی هر آن همه بر زمین خواهد ریخت.

پیشانی مردم از قطرات عرق خستگی چنین می نمود که سالها در چرخش به حول و حوش ساعات زندگی صبر و تحملشان به آخر رسیده باشد و بخار نفسشان بمانند پمپی منظم

در آن هوای سرد صبحگاهی فضا را مملو از حباب های گله‌مندی می نمود.

تا چشم کار می کرد قطارهای رنگارنگ روی ریل ها در تکاپو بودند و رنگ همه قطارهائی را که به آرامی دور می شدند نمی شد کاملاً تشخیص داد، ولی در میان آن همه قطار، رنگهای طلائی، کرکی، بنفش، خشن سیاه، قرمز، زبر، سبز، زودگذر، آبی و رنگهای هوس انگیز، رویائی، دردناک دلبستگی و رنگ آخرت و غیره فراوان وجود داشت.

در همهمه‌ی ایستگاه، کودکان در لابلای تنه‌ی بزرگترها می دویدند و در حین دویدن، قد می کشیدند و در همان حال بعضی از این خردسالان در حال قد کشیدن با ناله و فریاد از قد کشیدن خود غمگین و ناراضی بودند و از کابوس فردا می ترسیدند و نمی خواستند رشدی بکنند و راهی چون دیگران بپیمایند، ولی از کالسکه های تیز رو و چند اسبه‌ای که با گیاهان فصول مختلف تزئین شده بودند و از بالای سر روی جاده‌ای در آسمان بسرعت باد می تاختند، شاخ و برگهای آویخته‌ای زیر بازوان کودکان را می گرفتند و آنان را به طرف بالا می کشیدند.

زن چاقی که پیراهن ابریشمی نازکی از رنگ اضطراب بر تن داشت نگاهی به ساعت بزرگ بالای کنگره‌ی پلکانهای خروجی انداخت و به سرعت باد شروع به دویدن کرد و همانطور

که می دو ید پستانهایش را در آورد و به جا رختی لحظات درد انگیز بدبیاری آو یخت و شروع کرد به فریاد کشیدن و دخترش را صدا زدن، و از شدت سریع دو یدن موهای سرش دانه دانه کنده شده در هوا شناور شدند تا اینکه به مرور دو یدنش به کندی گرائید و آرام آرام پاهایش در گرداب فکری مغشوش فرو رفت و زمانی که تا زیر زانوانش بفکر فرو رفته بود، از حرکت باز ایستاد و چون غروب پیر شد و هزاران سال از جوری که بر او رفته بود به دامان فلک لابه می کرد، که فرزندش را به جرم فضولی برده بودند و در این غوغای حرکت قطارها و ازدهام بسوی ساعات آخر سرگردانی، حرکتی بی اراده داشت و رنگهای خشن و کرکی زمانه صورت متورمش را بیشتر می آزردند.

از جهتی دیگر، لحظه به لحظه متصدیان نظافت ساعتهای دیواری سر درها و سالنها از راه می رسیدند و با پارچه‌ای از جنس زمان مشغول گردگیری عقربه‌ها می شدند. اینان متصدیان بی جیره و مواجبی بودند شبیه هم، در یک فرم و ژشت و حرکتی یکنواخت. هزاران هزار سال بود که این مردم ناخودآگاه شغل گردگیری عقربه‌های ساعتها را به عهده داشتند و در چرخش بی تفکر زمان سنجها دخیل بودند و در عین حال حبابهایی را که از خروش زمان سنج ها بر می خاست و سهم مردم دیگر بود، نه با عطر شکوفه ها و قطرات باران و جلای ذرات طلایی آفتاب، بلکه از حلقه های زنگار گرفته‌ی قید غفلت

و سر درگمی می انباشتند تا مردم با تنفس این حباب ها نه به راه دور کهکشان ها تا آستان شگفتی ستارگان در حرکت باشند، بلکه بیشتر دایره وار در هم بپیچند و از روزن های باز بالای سرشان بی خبر بمانند.

حرکت عقربه ی ساعت ها چنان سریع بود و از چرخششان چنان بادی ایجاد می شد که کلاه چندین مسافر را از سرشان به هوا برد و همینطور چرخش شدید روز شمار یکی از ساعت ها دست خدمتگذاری را از مچ قطع کرد و پنجه ی قطع شده چرخ زنان در آسمان اوج گرفت و سپس در دشت فراموش شده ای در زیر بوته ای خشک و متروک در شن های متحرک پنهان گردید.

در کنار یکی از کوپه ها دختری که جیبش پر از آجیل آداب و رسوم فامیلی بود و شیشه ی سنت را همچنان در بسته از زمان بازی های کودکانه در حیاط قدیم منزلشان در زیر گیسوانش پنهان داشت، با پسر عمویش خداحافظی می کرد تا دفترچه ی راهنمای مسافرتش را که با مرکب قید پر نخوت بزرگترها رقم خورده بود دریابد. دختر دستش را که از کوپه ی قطار بیرون بود، در دست پسر عمویش گذاشت که کنار قطار ایستاده بود و همچنانکه قطار فاصله می گرفت دست دختر در دست پسر عمویش ریشه می دوانید و پسر با چشمان اشکبار خود جو یباری از کلمات می ساخت که زمزمه اش در گوش دختر آهنگی

جاودانه می نمود. قطار آرام آرام دور می شد و از آرنج تا انگشتان لطیف دختر که در پنجه های جوان بود کش می آمدند و دراز و درازتر می شدند و قطار همچنان می رفت و اکنون خیلی دور شده بود و دیدگانی فریاد نامرادی سر داده بودند و پسر پنجه های دختر عمویش را در دست می فشرد و هنوز ضربان قلب دختر را در اشکهای خود به زمین می ریخت تا روزگاری بوته ها نجوا کنان داستان آن دو را به نسیم که مسافر پیام آور بود نقل کنند، در همین لحظات پدر دختر که دوست داشت معلم باشد از راه رسید و با سر تیز مصلحت خویش آن دست را قطع کرد و دردش را در رشته ای از اسکناسهای درشت پیچید تا به منزل ببرد و لرزش ستونهای خانه را آرامش بخشد.

در گوشه ای دیگر مادری از غصه ی دوری پسرش که به جبهه ی جنگ می رفت اشک می ریخت و آرزو می کرد دود سیاهی که از نفرینش به آسمان می رسد چشم دشمن بزرگش را کور کند، او اشک می ریخت و هر قطره اشکش وقتی به زمین می افتاد فوراً بوته ای سبز می رویاند و در همان زمان کبوتری از میان این بوته ی سبز به هوا می پرید تا پیامی به سرزمینها و مردم دیگر برساند و اکنون آن قدر اطراف زن را بوته های سبز فرا گرفته بود که دیگر نمی توانست خود را به پسرش نزدیک کند و به همین جهت چشمانش را در آورد و بدرقه ی راه پسرش نمود تا در تمام لحظات مراقب حالات و سلامتی وی باشند. آن طرف تر

یکی از رانندههای لکوموتیو بی خیال می خندید و با دهانش هوا را ابری می کرد و با نوک بینی اش چوب کبریت تجر به آتش می زد تا راهش را روشنتر و سریعتر بازیابد.

در آن همهمه و شلوغی مرد شکم گندهای که روی مچ دست چپش عصای احتیاط آویزان کرده بود و دکمه های بارانیش باز بود همچنان که سیگاری گوشهی لب داشت با دستفروش دوره گردی بر سر قیمت خرید یک هدیه چانه می زد و چشمان زن نگرانش از پنجرهی کوپهی قطار بر سر مرد فریاد می کشید که عجله کند، ولی فریاد چشمان زنش در داخل گودی کلاه شاپوی مرد فرو می نشست و در باغچهٔ کوچک اندیشهی مرد علفهای کدورت می رویاند. مرد چاق آنقدر چانه زد که کم کم لاغر گشت و آب شد و کنار چرخ مرد دوره فروش ناپدید گردید. فروشندهی دوره گرد از خساست مرد چاق تعجب کرد و از پول پرستی او شاخ در آورد و شاخش را با روغن بی تفاوتی صیقل داد.

جوانی خوش سیما که فکرش اطراف را روشن کرده بود بسرعت از پلههای ایستگاه پائین آمد و با توشهی راهی که بزور داخل کیف دستی اش چپانده بود، در یکی از کوپه ها جای گرفت.

در داخل کوپه مسافرین خود را با نگاه و حرف و نخوت و

فضولی به هم معرفی می کردند؛ سیاستمدار و شهردار حرفه ای که با ژست خاصی، به ابروان اخمی می انداخت و لبخندی بر لب نگاه می داشت و چنان وانمود می کرد که با صبر و علاقه به سخنان مخاطب یا دشمنش گوش فرا می دهد. تاجر مورد توجه مقامات بالا با هیکلی پهن و گرد و کوتاه، بینی بزرگ، سری طاس و گوشهای کوچک، دستهای کلفت و گوشتالو و رنگی کرکی که روی پوششی از رنگهای خود بینی در حرکت بود.

زنی جوان، هنر پیشه، زیبا چون صبح باغ پر شکوفه، رقصان چون تکه ابری بهاری، با کیف گرد و سفید و بزرگ، که داخلش جعبه های کوچک و رنگین آرزو قرار گرفته بودند، وقتی که داخل کوپه شد مقدار زیادی نوارهای سبز، طلایی، قرمز، زودگذر و بنفش عشوه و طنازی را که در دست داشت در هوا و به سر و روی بقیه ی مسافرین پخش نمود و لحظه ای شادی آفرید.

دیگری پلیس بود که خیلی نشان به سینه ی برجسته اش کوبیده داشت و دقایقی بود که نگاه تمسخر آمیز جوان بر نوک های تیز و تاب داده شده ی سبیلش را در زرورق ترس و ارادت وی می پیچید و به زیرپایش می افکند و خوشحال و مغرور و احمق بود، و هم او بود که سالها انگشت شصت و سبابه ی دست راستش را از میان کت راهرای خشن و مشکی رنگی به داخل جیب جلیقه اش فرو برده بود و یقه ی پیراهن پر زرق و برقی

که بر تن داشت عاریت می نمود و نشان می داد که متعلقین خود را ارزان فروخته است. این پلیس چاق روزگار، در حین چرخاندن چشمهای کامپیوتری اش به اطراف، ذرات مزاحم پرخاش را از لوله های نگاهش به چهره‌ی مسافرین می انداخت و آنها را می پائید و انعکاس نگاه اشان را با خرده برگهای توتونی که بوی قاچاق می داد میان لبهای سیاهش به آرامی می جو ید.

تاجر به محض دیدن پلیس بلند شد و جایش را به او تعارف کرد و صندلی یکی از اقوام نزدیکش را که فقیر بود رنگ چسب دار عسلی زد و به پلیس بخشید، که گاهگاهی رو یش بنشیند، و همچنین از شکمش زنجیر درازی را بیرون آورد که با حلقه های چاپلوسی و تزو یر زیرکانه بافته شده بود و به پلیس نشان داد که به وسیله‌ی این زنجیر خود را به مردم قدرتمند بالا بسته است.

در این زمان در غلظت فضای کو په، پرواز دستجات نیشخند و تمسخر را که جوان از قفس آزاد کرده بود می شد تشخیص داد.

اول از همه شهردار اشاره کرد که در کو په هایی که افراد مختلفی با هم مسافرت می کنند روشنایی زیاد باعث دردسر خواهد بود، البته پلیس فوراً متوجه شد که نظر شهردار همان جوانست که فکرش شعله ای افروخته است و نوری که از سرش

به اطراف جهش می کند، شهردار را پریشان خاطر کرده است، چنان که دکمه های کتش از جا کنده می شوند و در فضا چرخی خورده و پس از آن که بر سرش ضربه ای وارد می کنند دوباره به جای اولشان بر می گردند و سر دردی شهردار را احاطه می کرد. این بود که پلیس گفت: ما از سالهای پیش عادت کرده ایم که بموقع چراغها را خاموش کنیم.» و با لبخندی که هوا را پر از بوی تمسخر کرد ادامه داد: وگرنه نمی توانیم حافظ خوبی برای مردم باشیم و همینطور در آسایشگاهها و خانه های خودمان هم بیش از حد مجاز نباید چراغی بسوزد.

شهردار پس از این که رشته ی سخن را از دست پلیس قاپید، حرفهای خود را پوست کنده و با نمک مسموم کننده ای آغشت و در ادامه ی سخنان پلیس گفت: «پرداختن جریمه ی سنگین نه این که دهان را می سوزاند بلکه آدم باید سالها به دود و خودش را جستجو کند، این خیلی وحشتناک است خیلی، البته در خاموشی بهتر می توان از خوردن لذت برد و در تاریکی از آسایش بهتری بهره مند گردید. در این هنگام شکوفه بهاری هنر پیشه ی طناز با لبخندی ملیح که چهره اش را زیباتر می نمود گفت: «من همیشه در روشنایی بالن های رنگی قشنگی می بینم که در هوا معلقند و من از تپه ای بلند که پر از بوته های آوازه خوان است به مردمی نگاه می کنم که اطراف من و بالن های رنگارنگ جمع شده اند و پرنده های آرزو و حسرتشان را در زیر

پاهای من از قفس آزاد می کنند، و من برای همه‌ی آنها از شکوه و زیبایی لحظاتم ساندویچ درست می کنم، تا برهوت گرسنگی را در چشمان همسایه‌ها نبینند.» روشنائی دست مهربان خداست!

پس از سخنان هنرپیشه‌ی طناز، جوان از جای برخاست و از کیف دستی اش یک دسته کوچک گل بنفشه‌ی صحرائی که با یک روبان صورتی رنگ تشکر تزئین شده بود، بیرون آورده در دامان هنرپیشه‌ی طناز قرار داد، او نیز گلدان بلوری تعجب را از دست تاجر گرفت و گلها را در آن نهاده کنار دستش روی میز آشنایی گذاشت.

تاجر تسبیح تردید را از جیبش درآورد و پس از کمی رقص مردد کردن، دوباره به جیب دیگرش انداخت. شهردار فضای کوپه را مزه مزه کرد و در حینی که به خارج از کوپه اشاره می کرد گفت: این آبادی را ما ساختیم تا مردم در حرارت مطبوع دست ما، روزهایشان را به آرامی نیمرو کنند و آنها قول داده‌اند کودکانشان را از ببر کاغذی بترسانند و این شهروندان خوب با کمک ما، در سنگ گندم می کارند و از جاده‌ها لذت بسته بندی شده برایشان می رسد و ما آنها را به خانه‌هایمان می خوانیم و شیرینی خودمان را با آنان قسمت می کنیم و سعی کرده‌ایم تا لباس عدل را در حضورشان بپوشیم و هر سال هم به هنگام تقسیم عدالت مقدار زیادی هم برای این مردم، در

جعبه‌های هیاهو به آبادیهایشان می‌فرستیم، و تازگیها از تمام سرزمین‌ها به ما فشار می‌آورند که کمی هم به خودمان برسیم و برای خودمان هم آتش بازی و شادی عدالت راه بیاندازیم، ولی هر هنگام که در آئینه‌ی زمان نظری می‌افکنیم می‌بینیم که جثه‌ی ما طاقت تحمل بار گران فراهم کردن سفره‌ی رضایت واقعی آنان را ندارد و ناچاراً به بدنمان روغن تجمل می‌مالیم و قرص جبروت فرو می‌دهیم و گاهی هم زهر دود می‌کنیم و در فرصتهای کوتاه گشودن روزن، حسرت سادگی شب و روز آنان را می‌خوریم و چنین است که رو دل گرفته‌ایم و بدنمان باد کرده و ضعیف شده است. در واقع ما خدمتگزاران توقع کمی داریم از این مردم خوب، که هر ساله با بار گندمشان کمی هم به ما انصاف هدیه کنند که برای حفظ سلامتی بچه‌هایمان مصرف کنیم. در پایان سخنانش، شهردار کفشهایش را که از قطرات عرق چهره‌اش خیس شده بود، با لطف تاجر برق انداخت و در نرمی صندلی بی وفایش فرو رفت.

پلیس در حالی که غبغبش را پر از باد جیره خواری می‌نمود، درست زمانی که غبغبش باد کرده و بیشتر فضای کوپه را پر کرده بود و پاهایش هم داشت به سبکی از زمین فاصله می‌گرفت. همانطور که تنه‌ی سنگینش در فضا غوطه می‌خورد، لب به سخن گشود و گفت «ما شغالهای گرسنه را برای آسایش این مردم کتک زدیم، سردسته‌هایشان را کشتیم و چند تایی را هم

تبعید نمودیم، آنگاه نگاهی به چهره‌ی جوان انداخت که جوان کمی از برودت نگاه پلیس به لرزش درآمد و سپس لبخندی را که میراث دلقک ناموفقی بود و به عاریت داشت، بر چهره‌اش آراست و ادامه داد: البته هنوز مزارع مردم شغال دارد و ما این شغالها را هر روز در روغن قهوه صبحانه‌امان هم زده و می نوشیم، و دقیقاً همواره در پی چاره‌ایم.

جوان که آماج حملات تیز و زهرآلود و بی وقفه‌ی آنان بود و در مقابل دیدگانش پروانه های رنگارنگی در پروازی هراسان کشته می شدند و بر زمین می افتادند، از کیف خود تکه نان خشکی بیرون آورد کمی آن را جوید و به آسمان نظری افکند و خط باریک نوری از چشمان گله مندش به آسمان جهید، لبهایش را گشود و حرفهایش را که در کوره‌ی اندیشه های تنهائیش گداخته بود به بیرون پرتاب کرد، گفت: زمین مال آنهاست که در آن گندم می کارند، و باران رحمت است و آفتاب عطوفت که می پرواند کاشته ها را و گرمی می بخشد دلهای صبور را، نه لباس عدل شما، و اینان نه به خانه‌ی شما می آیند که در دشتهای خداوند ترنم می گیرند. و این خانه ها را کودکان شیطان نقاشی کرده‌اندو کاغذیست وجائی نیست برای مردم و مزرعه را هم خداوند در شبهای مهتابی بارور می کند و شغالها را نیز چاره‌ای نیست تا مهتاب در شبها پاس می دهد شغالها هم در تلاش بهره بردنند، و اما این مردم زیر گرمای روز

می‌آرامند و از باغ خداوند سیبی می‌خورند، و من می‌گویم کاغذیست این خانه هائی که شما ساخته اید که فرو خواهند ریخت و درونتان از طوفانی خبر خواهد داد عبرتی بگیرید ای زیرکان.»

و درست در همین هنگام تاجر فریاد کرد که خانه ها را باد به آسمان می‌برد و براستی بیرون از قطار خانه ها را باد می‌برد و مردمان در مزارع می‌خندیدند که خانه ها را باد می‌برد و آنها در زمین و آسمان معلق بودند و به شادی فریاد می‌کشیدند که، خانه‌ی ما نبود، خانه‌ی ما نبود.

بعد از این پرده برداری شگفت، شهردار که بصورت انار رسیده‌ای به چشم می‌آمد سیگاری آتش زد و در میان دود سیگار از جمع خارج شد تا به تفحص و بازرسی شهر کاغذی به پردازد.

پلیس نیز در حالی که مقداری از پرونده های سری را از داخل گوشهایش بیرون آورده و آنها را روی زانوان لرزانش به دقت بررسی و بازخوانی می‌کرد، رو به حاضرین کرد و گفت:

«من در آتش بازی همیشه سمت مشاور عالی را به دنبال خود کشیده‌ام و اکنون هم باید چشمها را بست و گوشها را پر از گرد فرمان کرد که در کپسولهای قانون انباشته شده‌اند، و با این جمله پس از این که نشانهای روی سینه اش را با رشته‌ی دور اندیشی به زنجیر ساعت جیبی تاجر، که با جواهرات کمیابی تزیین شده بود وصل نمود، با یک حرکت به کمک بادی که از پنجره به

درون کوپه رسیده بود، خارج شد و خود را به مقامات بالا رسانید و در بالکن کسب تکلیف خبردار ایستاد. و لحظه ای در نگاهش به آسمان باورش شد که نور ستاره ی جنوب از آن اوست.

در این هنگام هنر پیشه ی طناز جعبه ی پودر نگرانی را از کیف صدفی کوچک بنفش رنگی که در قلبش بود در آورد و کمی به گونه هایش مالید، تا جوان موقعیت را دریابد و روشنائی را در چشم مردم کمتر کند و از فرصت تاریکی راهی بیابد و گوشه ای آرام بگیرد و عطش خود را در معلمی به بچه خرگوشهای ترسو که با صورتی نحیف از کنار لانه هایشان وحشت را نظاره می کنند، تسکین بخشد و از تکاپوی قطارها و هجوم شماتت و توبیخ و تازیانه و زنجیر، رهایی یابد نهال نوپای وجودش.

هنر پیشه ی طناز، چشمانی دلفریب داشت و جوان آغاز غروب دشت را که در ترنمی خاص پیامی از فردائی روشن داشت، در عمق پر اسرار چشمان وی می دید و باور داشت این همراه زیبا همان شکوفه ی رویائی است، که آغاز شبهای گرم تابستانهای دور، بهنگام سیر و سیاحت و اندیشه در آسمان پرستاره ی آن روزگار بهتر، بنظرش می آمده است، و چقدر فریبا بود آن رؤیای دل انگیز، آن نسیم و آن شور و حال که در بی چیزی همه چیز می نمود، شگرف دقایقی که بمرور از حیاط دید

ما رخت بر می بندند و حیله گران کوچکی مهمانی دنیا را به نابودی می کشانند.

هنر پیشه‌ی زیبا که دقایقی چند از پنجره بیرون را نگاه می کرد، ناگهان گفت: «در افق یک رودخانه‌ی بزرگ نور پر از شعله های نقره‌ای و بنفش می بینم که زبانه می کشند و با دست نسیم به رقصند و هوائیست خواص و پروانه های رنگین بیشماری به پرواز شادیند و تجمع پرندگان تجسمی است برای من از بوی گیاهان تازه‌ای که هوایش لطف بی نیازی بخشیده است. چه شگرف حکایتی است آن دورها و دورهای خیلی دور.

جوان لبخند عطوفت را به انگشت سبابه‌ی هنر پیشه طناز چسباند و گفت: «نمی دانی که هر کس، در آسمانها و زمین است بسوی نور و خلوص ذره‌ای از پرواز شدن حرکتی دارد و دیدگانش به شگفتی آفرینش و تخیل درازی این راه دور سپاس می گذارد. و آنگاه جوان پس از لحظه‌ای سکوت ادامه داد؛ درهر غروب، بالنهای رنگین دروغ از همه جای دنیا در افق جمع می شوند و کودکان از سرزمینهای مختلف که بصورت پرستوهای پر سفر درآمده اند این بالنها را با شادی پیروزمندانه می ترکانند و همان گونه که دست در دست هم دارند آوازهای قشنگی می خوانند که حتی آب دریاها برای شنیدن این آوازها بی‌تابی می کند و خود را از بستر خاکی به

سوی آسمان می کشد تا شاید در این فریفتگی سهمی یابد.»

ناگهان، هنر پیشه‌ی طناز فریاد برآورد: «آری، من می بیسم چشمه های رنگین را، درختان نخل، پرستوها و چیزهایی، و آواز دلنشینی بگوشم می رسد که مسحور کننده است و تا این دقیقه چنین آوازی نشنیده بودم.»

جوان که لبخند تشکری بر لبش نمایان بود گفت: «هر روز در دشت غروب غوغائیست، اگر روزنی بگشائی، شگفتیهایی را خواهی دید. ترنمی از گفتگوها و اتفاقات و کاروان عظیم در گردش، اگر که به غروب مدرسه‌ی ما بنگری که پنجره‌ای به دشت دارد، زنی از مادران رنج کشیده‌ی تاریخ را خواهی دید که از این سوی برای محافظت تن نحیف نهالانی که به ظلم رفته‌اند به درازی سالها به آن سوی بلند می رود و با دست نسیم بین کودکان خاموش روزگار، لقمه‌ای از لحظات شادی قطرات آب پاک همیشه روان را، که با ظرافت در زرورق امید پیچیده شده است، توزیع می کند، و از همان سوی بلند و دور، مدرسه را ترک می گوید تا با غروب دیگر باز گردد، و همیشه فرشته‌ای زنبیل خالی زن را پر از میوه‌های خوشمزه‌ای می کند که شادی افزای چشمان معصوم و منتظرند. زن به کودکانش ایمان دارد و نیلوفر پیچیده به پیکرش از تلاش و تحرک همیشگی آنهاست، نیلوفری که همواره گل می دهد و ریشه‌اش از چشمه‌ی تاریخ رونق وجود می گیرد.

شهردار که در این لحظه به کوپه بازگشته بود، در حالی که حرارت گونه هایش چهار چوب فلزی پنجره‌ی قطار را ذوب می کرد با صدای خاکستری رنگی گفت: «غروب‌ها مدارس تعطیل است و شب‌ها نیز کسی نخواهد توانست از این سوی به آن سوی، هر جا که تاریکی خزیده است حرکت کند، حتی در روز، که تیر چشمان آموخته، رها می شود و می درد خطاکار را.»

جوان فریاد کرد: این افسانه نیست، شما می توانید از شاهرگهای درختان صنوبر و چنار که همواره شهودند در گذر نسیم، سئوال کنید، همانطور که باد به هر کوی و برزنی سرک می کشد و آن هنگام که به کوچه های خاکی و فقیر قدم می گذارد، جامه می درد و خاک بر سرمی ریزد و همین طور زمانی که داستان غم همیشه‌ی مردم را از زیر شیروانی منازل قدیمی می شنود، اشکی می ریزد و سیلی راه می اندازد، این هم افسانه نیست، بپرسید از مسافرینی که می دوند تا راه را بیابند. من دیده‌ام به روزگاران آنانی را که بوته های تنها و بی آب را می جویند تا از تشنگی و تنهایی نجاتشان بخشند، من دیده‌ام آنانی را که می کارند دشتهای خشک بی ثمر را، صحرا ها را، و از چشمه سار آبی به لب تشنه‌ی گیاهان می رسانند، من دیده‌ام این مردم را، و دیده‌ام آنان را در آن سوی غروب که زنبیلشان پر از سیب است. جوان در حالی که بسختی صحرای سوزان حنجره‌اش را با قطره‌ای چند، آبیاری می کرد و در

لحظه‌ای، سکوت فضای سنگین کوپه را درآخرین رمق ستونهای بدنش به سختی تحمل می نمود، ادامه داد: «من مردی را دیدم که بیش ازهشتصد سال است در کوچه های نیشابور فانوس می فروشد تا مردم راهشان را در تاریکیها بیابند و کاروانان به بیراهه نزنند، و هنوز هیاهوی مردم را در میدان بزرگ می شود شنید که به آسمان خیره شده‌اند و گاه مناره‌های مسجد دلشان را نیز، از دور دست می توان دید و همچنین، شاید دیروز بود که خودم از بازار مرو رشته‌ی مرواریدی خریدم و آن را در بلخ به کنیزکی بخشیدم که دیدگانش هنوز با من گفتگو می کنند و من به دادخواهی او که تازیانه بدنش را کبود کرده است باید دو یست سال دیگر شکایتی بجائی ببرم، زیرا بعد از دو یست سال باز چشمان غمگین او را می شود از پشت پنجره دید که انتظار صدای پای آشنائی را می کشد که ترازوئی در دست دارد، این گفته‌ها افسانه نیست، اگر که از روزن نگاهی کرد به دشت پر تلاطم.

تاجر با دستمال سر در گمی، قطرات هراسان روی پیشانیش را خشک نمود و در حالی که در عمق چشمان شهردار به مسافرت می رفت گفت: «من به دنبال آنها رفتم که کتابها بنام خدا نوشتند و خواندند و در میان حیرت چشمان مسافرینی خسته جانها به نام خدا گرفتند و بستند نطفه های کینه را و خداوند نیز تکفیر و تنبیه اشان نکرد و آنها بر تختها جلوس کردند، و من نیز

در راهی که رفتنش دراز می نمود به آنان پیوستم نه این که بلائی بر سرمان نازل نشد بلکه جیبهایمان نیز پر از آجیل گردید، زیرا ما غلامانی را که تخم شکوه در جاده ها می ریختند تا با آمدن کاروانهای بعدی سبز شود، به سالهای بی خبری به میهمانی مردابها بردیم و فرو رفتنشان را در غرقاب وحشت جشن گرفتیم و با خیال راحت از سفره‌ی نیلوفرهای آبی رشته‌های برشته‌ی آفتاب را نوشیدیم و شیره‌ی گرما بخش رضایت را در رگهای سردمان جاری نمودیم، و تاکیداً می گویم که در این گذران دشتها نه بادی و نه طوفانی نه شعاعی از خورشید، به فریاد آنان نخواهد رسید، هر چند که خورشید هر هنگام تابیده است.»

جوان که باریک و ضعیف شده بود سعی می کرد خود را از شکل گل آفتاب گردان خارج کند، ولی تلاشش بیهوده می نمود و کم کم به شکل گل زرد و باریک آفتابگردان در می آمد، لب به سخن گشود و گفت: «نگاه کنید از پنجره رقص کنیزکان و غلامان را که در مرداب فرو رفته بودند، نگاه کنید چهره‌ی شادشان را چه سبک و زیبا در میان امواج بخارهای سبز روئیدن، و چه رویائی است سرودشان و چه با شکوه راهشان که چون جاده‌ای از نقره‌ی خالص آنان را با ستارگانی که جاودان نیروی زندگانی شگفت بی نهایتند، پیوند می دهد و اما این داستانهای تکفیر نکردن خداوند، کابوس خودخواهی

ملاحی سرگشته است که بیهوده به طمع گنج به جنگ امواج می رود و عاقبت نه طعمه ایست قابل برای مرجانها که به آسودگی در قعر دریا نظاره می کنند بیهودگی تلاشهای تزویر را.

تاجر که به حرکت در آمده بود، در حینی که بخار گوگردی حلقه وار جسمش را احاطه می کرد، کم کم دور و دورتر شد، ولی همچنان که از کوپه دورتر می شد در فضا به شکل صخره ای در می آمد که از قله اش دودی و شعله ای برمی خاست و هر از گاه گلوله های قهوه ی رنگ و سوزانی از بدنه ی این صخره آتشین جدا می شد و تنوره کشان از دریچه ی راهرو قطار به سوی جوان می آمد و آن گاه چون شلاقی به بدن نحیف گل آفتابگردان می پیچید، و این آزردن آنقدر ادامه یافت، تا گل غمگین آفتابگردان آرام بر روی شانه ی هنر پیشه ی طناز فرو افتاد، و هنر پیشه فوراً قلبش را درآورد و در دستش با عهدی آهنین درآمیخت و به چهره ی گل آفتابگردان مالید تا ناگهان گل نفسی غریب کشید و تکانی عجیب خورد، و بازگشت از راه دیار افسردگی و بعد از گذشت لحظه ای از تاریخ دو باره قدی برافراشت.

در گذر قطار، دشت همان دشت بود و کوپه همان و سرنشینان همان و مردم باز به عادت دیرینه ی خود در مزارع گندم می کاشتند و گاه حرفی بود و فریادی و تزویری و قفسی.

شهردار که با عجله در دهلیزهای نمور و پیچ در پیچ

اندیشه‌اش دنبال اطاق مطالعه می‌گشت، بفکر افتاد در گنجه‌ی مشورت را بگشاید و با عجله رابطه‌های دیرینه را به هم پیوند دهد و پس از بکار بردن کد مخصوص شهرداران خبره توانست به اطاق جلسات سری راه یابد و بدین ترتیب شهرداران مختلفی را در مقابل خود یافت که با خوشروئی او را پذیرفتند و شهردار هم با لبخندی که مخصوص اعضاء بود آنان را درود گفت.

شهردارها قیافه های مختلفی داشتند. بعضی ها با سبیلهای کلفت و از بناگوش در رفته و برخی با ریشهای بزی و دیگران با لباسهای فاخر و چکمه های سنگین، و همه‌ی آنان دندانهای تیز و درشت خود را که بی شباهت به دندانهای درندگان نبود با مایه‌ای گرم و مخدری جلا می دادند و می شد بوضوح درختچه های تزویر و ریا را که در چشمانشان رشد کرده بود، دید.

شهردار کله طاس و چاقی که گونه های لبو مانندش از دو سوی چهره‌اش آویزان بودند، و دو سیم گیرنده ـ که او را در تازه‌ترین تکاپوی مورچگان قلمرواش قرار می داد ـ از گوشهایش بدر آمده بود و آنتن قابلمه مانندی بر روی سرش قرار داشت، در حالی که با چکش کوچکی بازی می کرد به شهردار کوپه نشین گفت: «رفیق باید ما را بیاری می طلبیدی، شاید فراموش کرده‌ای آنان را که همیشه در شبهای تاریک و مخوف، که طوفان پنجره های قصرت را بلرزه در می آورد و درختان کاج

فریاد کنان قصد جانت می کنند، بیاری تومی شتابند، پس چگونه شد که خبر نکردی ما را؟»

شهردار در حالی که قرص مذاکره را قورت می داد جواب داد:

«حادثه کوچک بود و ما در دستمان، بی خیال، زنجیر قدرتمند قانون را می چرخاندیم و هرگز فکر نمی کردیم با بانگ خروسی سپیده بدمد و از تنها شکاف پرده بداخل خانه نفوذ کند، تا خفتگان برخیزند و کشاورزان به آوازی به رقص درآیند، البته که خیال خام، در دیگ آشمان می پختیم.»

در این موقع، باز شهردار کله طاس گفت: «فراموش نکنیم که اگر قطار را به مسیری خارج از حدود دیدمان ببریم، کنترلش از قدرت ما خارج می گردد و فاجعه می آفریند، و اما اکنون هم دیر نیست، ما که برای حوادث و اتفاقات ناگهانی تدابیری ارزشمند تهیه دیده ایم، در مقابل یک دست انداز ساده نباید تردیدی بخود راه بدهیم.

در این موقع شهردار بسیار شیک پوش و بلند قدی که موهای پر پشت سرش را با دقت زیاد شماره نموده و ۱۹۱۴ دانه را بطرف راست و ۱۹۳۸ دانه را به طرف چپ شانه کرده بود، با ژست خاصی از جای بلند شد و در حالی که دست راست خود را بالا می برد و سوگند می خورد که دروغ نگوید اجازه ی صحبت خواست. در همین حال، شهردار دیگری که ریش انبوهی کله ی

بزرگ او را بزرگتر نشان می داد همچنان که سیگار برگش را در میان دندانهای تیزش نمدمالی می کرد به شهردار شیک پوش گفت: «هرچند که تو رفیق گرامی سخنی جز دروغ نخواهی گفت، ولی بخاطر ادامه ی جلسه و ارائه ی راه حل به شهردار کوپه که به ما پناه آورده است، می توانی مطالب خویش را بازگو کنی.»

شهردار شیک پوش بدون توجه به حرفهای همکارش، در حالی که نسخه ی مخصوص امراض کوچک و مسری را از میان کاغذهای روی هم دسته شده ی بیشماری که سالها زیر بغلش به هر سومی کشید، در می آورد گفت: «ما همگی تلاش می کنیم که قطار تو را به ریلی بازگردانیم که راه سعادت تو و ما در آن خلاصه شده است، و در این حین تو هم باید سر مردم را که اکنون کمی باد خورده است با تبلیغات و توضیحات جالبی از دوای شیرین سر منزل سعادت گرم کنی و از لحظات دلچسب و خوب فردا سخن بگوئی و در ضمن آنان را از غضب خداوند بترسانی و سعی کن بقبولانی که آنها را بخاطر رضایت خداوند تنبیه اشان می کنی، تا بتوانی با هیبت وحشتناکت دمار از روزگارشان در بیاوری، سعی کن به آنان بفهمانی که خداوند بر بنده اش خشم می گیرد و چون در موقعیتی نیست که بتواند ادبشان کند تو وامثال تو این خدمت را انجام می دهند و اگر خداوند به مانند تو در روی این زمین نداشت واقعاً چقدر تنها و

بی کمک بود و حال وظیفه‌ی شرعی توست که آنان را از طرف قدرت لایزال آسمانی محکومشان کنی و شمشیر تیز تو شمشیر عدالتی است در سینه اشان تا راه را باور بدارند. قبول کن که موفق خواهی شد و همین مردم بارها با دست خود ناجی اشان را سوار قطار کرده و بدیار عدم فرستاده اند. در ضمن این طریقه در سرزمینهای دیگر هم موفقیت آمیز بوده است، بله فراموش نکن که ساعات امروزشان را با زیرکی بگیری و در کیسه های انتظار بسته بندی نموده و در رودخانه زمان خالی کنی، و از طرف دیگر ما نیز سعی خواهیم کرد راه خوب زیستن و بهره بردن از حرکت را در چهارچوب جادوی پخته شده‌امان به آنها بیاموزیم.»

شهردار دیگری، بعد از آن که پک محکمی به سیگارش زد، بطوری که دود آن نیمی از کودکان سیاه و موفرفری را در آن طرف دیگر دنیا به چشم دردی سخت مبتلا نمود، مؤدبانه اجازه صحبت خواست و در حالی که خاکستر سیگارش را در زیر سیگاری جهان نمایش خالی می نمود گفت: «شبکه‌هایی باید بوجود آورد که صداها، گله ها، و فریادها را در فضا محو نمود و برای سعادت و نیکبختی مردم باید موسیقی پخش کرد و در حین دو یدن گوششان پر از ارتعاش موسیقی باشد و نباید اجازه داد مردم با آسمان رابطه‌ای برقرار کنند و مزاحم چرخش کائنات گردند، این مردم باید خداوند را فقط از طریق آموزش و

راهنـمـائیهای ما بشناسند و پرستش نمایند، همچنان که موشها، لاشخورها و کرمهای شب تاب نیز از قدرت تکنولوژی ما، برای جهت یابی مسیرشان بهره می برند، سنجیده نیست در سراسر گیتی، افرادی قلیل با تحمل مرارتهای بیشمار درپی این باشند که به همنوعشان روشنایی اهدا کنند و فانوس بدست بر خلاف اراده‌ی ما، کوچه های خاموش و تاریک را روشنائی بخشند، مردم را باید آمادگی بندگی ماشینهای زیرکی نمود که دقایق آنان را به رنگینی چراغانی نماید و باید به جای دشت گلخانه های ساخته‌ی خودمان را به آنان نشان دهیم.

مشاور قدرتـمـند دیگری که اطرافش را اسباب بازیهای بی شماری چیده بود، لب به سخن گشود و گفت: «ما، وسیله‌ی این تجهیزات خیلی از کودکان را قانع کرده‌ایم که فقط بما تکیه کنند و با ما بازی نمایند و حمایت نور را از ما بجویند، روشنایی و حرکت عده‌ای قلیل، همیشه صدمات و مشکلات عدیده‌ای برایشان همراه داشته است، کما این که امروز جز تکاپوی بیهوده و فریاد بی ثمر نتیجه ای نخواهند برد.

آخرین سخنران همان شهردار سبیل دار چکش بدست بود. وی در حالی که با کف دستهایش پف زیر چشمانش را با فشار به اطراف گونه ها صاف می نمود گفت: «رفقا اهمال جایز نیست، ما باید از ستارگان آسمان بیاموزیم، وقتی ستارگان در شب کنار هم گرد می آیند، آفتاب را شهامت تابیدن نیست ـ هر

چند که ستارگان هریک راهی جدا از دیگری دارند ـ و اما اگر در روز ستاره‌ای بخواهد به تنهایی جولان دهد، در مقابل انوار درخشان آفتاب، محکوم به فرار خواهد بود.» باز در حالی که با کف دستهایش پف زیر چشمانش را به اطراف گونه می کشید، ادامه داد: «در خاتمه تذکر این نکته ضروریست که تلاش نهائی همه ما نتیجتاً برای بدست آوردن قدرت در سرزمینهای گوهرین آن سوی پل می باشد، که نیکو اندیشی است اگر ما که اکنون گرد هم آمده‌ایم ـ با این که بخاطر علاقه زیاد به یکدیگر دوست داریم سر رفقایمان روی تنه‌ی مضطر بشان سنگینی نکند ـ در آن سوی پل هم، زمین و ابزار آلات قدرت آفرین را باید آنچنان بین خود تقسیم نمائیم، که بتوانیم حامی خوبی برای مورچگان کارگر و خرگوشهای ترسو و ضعیف باشیم.»

آن گاه فندک ابتکارش را از میان اشیائی که از مقتدرترین فرمانروایان روم قدیم دزدیده بود، بیرون آورد و در حینی که شوق نوآوری اعضاء را که در شومینه‌ی اطاق کنفرانس انباشته بودند، شعله ور ساخت، گفت: «ما باید حباب هائی روی شهرها تعبیه کنیم که اولاً انعکاس نگاههای زودگذر را چند برابر قوی تر و دوام آنها را طولانی تر نماید، تا به ماشین کنترل خود بیشتر مطمئن باشیم، ثانیاً شهروندان را از آفت باران های بي هنگام و طوفان و انوار مضر آفتاب حفظ کند.»

او در حالی که کانال حنجره‌اش را که در رنگ قهوه‌ای

خودخواهی و نخوت خشک شده بود، با قطرات شیرین و سبز رنگی، که باور بیشتر زیستن را در امواج گرما بخش خود داشت، رطوبت می بخشید، ادامه داد: «البته، پیش از این که مورچگان خوب کارگر ما برای دست یافتن، به نور، موسیقی و عدالت، سر بلند کرده، به شگرفی موجودیت آفتاب، باران و گردش روز و شب پی ببرند، باید خودمان از دریچه های محدود، به اندازه ای که به سلامتی مردم و محیط لطمه ای وارد نگردد، نور، باران و عدالت خودمان را که بطرز خیلی زیبا و جذابی، در بسته های استاندارد شده آماده گردیده است، به آنان ارزانی داریم.»

پس از این سخنان، دستورالعملهای جدید، به پشت چشمان شهرداران تزریق گردید و بالاخره جلسه با نوشیدن قهوه‌ی پیوند و خوردن تکه ای از شیرینی قدرت بپایان رسید، و شهردار با توشه‌ی تدبیر و حمایت شیطان به میدان قدرت نمایی بازگشت.

جوان، به هر سو، می دوید دیوار بود، دیوارهای بلند. زیر دیوارها مردم در حرکت بودند، از صبح تا شام، بزرگ و کوچک و زن و مرد، و روی سرهایشان کلاهی بود که لبه ی

بلندش بر چهره‌اشان سایه می افکند، تا روشنائی و حرارت و باد صدمه‌ای به سلامتی آنان وارد نسازد. این کلاهها را مجاناً روی سر مردم گذاشته بودند و در روی دیوارها عکسهای رنگی زیادی از این کلاهها به چشم می خورد، که جمله‌ای در اطراف عکسها مزایای بیشمار این کلاهها را روشن کرده بود. در جایی پوستر رنگی قشنگی انسانی را نشان میداد که کلاه بر سر ندارد و به آسمان خیره گشته است و در مقابل قدمهایش نیز چاهی دهان باز نموده و او را که حواسش به شگفتی آسمان و آفتاب جلب گردیده است، در آنی خواهد بلعید.

جوان که بسختی خود را روی دیوار کشیده بود، بگوش ناشنوای مردم فریاد می کشید، و از خداوند و نعمتهایش، از آفتاب، از ابرهای رحمت، از دشتهای آباد، و از حاکمیت زمین و عدالت، سخن می گفت و سعی می کرد آنان را بکنار دیوار جمع کند، تا با کبریتشان روزنه‌های دیوار را بیابند و از آن روزنه‌ها نظری بدانسو افکنند، ولی تلاش بیهوده می نمود، مردم کلاهها را پائین کشیده بودند و با اضطراب بهر سومی دو یدند و دانه‌های روی زمین را جمع می کردند و توجهی به بالاسرشان نداشتند.

همانگونه، که رهگذران دسته دسته با هیاهو می گذشتند، حرفهایشان بوی بطالت و سر در گمی می داد و چنین می نمود که در یک نوع بازی بی ثمری روزهایشان را چون بالنی رنگین

از دستشان رها می کنند تا در دوردستها ناپدید گردد. مسافران اغلب بدنبال هم می دویدند و وقتیکه با تحمل و خستگی زیاد بهم می رسیدند، در یک زمان سلاحی برنده از جیب درآورده و با سرعت رشته های پیوند را می بریدند و باز جاده ای دیگر، برای دویدن انتخاب می کردند. بعضی ها دستشان پر بود از بسته های رنگارنگ و بسختی تحمل می کردند این همه بار گران را، ولی اینان نیز در بازی بزرگ سهمی داشتند؛ با تمام سنگینی بار روی شانه هایشان، باز در پی بدست آوردن رنگین بسته های دیگری بودند که در پشت و یترینهای سرگرم کننده سیار، با جاذبه ی نیرومندی به چشم می رسید.

با این که مردم بوسیله های مختلف کلاهشان را که تا روی چشمانشان پائین آمده بود، محکم نگهداشته بودند، باز در فرصتهائی مناسب همچنان که در یک دایره می چرخیدند، کلاه یکدیگر را بر می داشتند و گاهی نیز با هم عوض میکردند و در پشت ستونهای قانون ـ که پلهای خیابانها را بهم ربط می داد ـ پنهان می شدند و آن کسی که کلاهش را برداشته بودند، هراسان در تاریکی می دوید تا کلاه شخص دیگری را بردارد. کلاه را حافظ رهگذران می پنداشتند و کلاه نشان تفاخر، دور اندیشی و اندوختن بیشتر توشه ی راههائی بود که غالباً زمان فرصتی به ایشان نمی داد که به آن جاده ها برسند، ولی آن چنان شده بود که بزرگ کلاهداران دروغهای شاخدار می گفتند و

دونـدگـان دانه جمع کن تشنه‌ی این دروغها بودند و هر کس که بهـتـر و بـیـشـتـر از خداوند و رابطه اش با خدا، داد سخن می داد مـشـتـریان بیشتری بدور خود گرد می آورد. کار بجائی رسید که کتابهای دروغ اعتیادی شد برای روندگان و برنامه ریزی شده از طرف مـسـئولـیـن بـرنامه ریز تا جایی که اگر نوشته‌ای، حرفی، نزدیک به روشنائی سپیده دم پیدا می شد مردم علاقه‌ای به دیدن و خـوانـدن و شنیدنش نشان نمی دادند، که اینان دیگر، آن مردم بـی دانـش دیـروز نـبـودنـد، بلکه پیشرفتگان پر دانش کلاهداری بـودنـد کـه اسـبـاب بازیهای ساخته‌ی دستشان به آنان فرمان می داد و شهـر، شهـر ازدهام بود و هیاهو برای هیچ و صدای جوان در آن مـیـان گـم مـی شـد و شهـرداران نـیـز پنداشته بودند که بیهوده فریادی است روی دیوار و ره بجائی نخواهد برد.

هر هـنـگـام کـه گـردانـنـدگان شهر از کنار جـوان عبور می کـردنـد، کمی لبخند متانت تزو یری را در کاغذ زرد رنگ ترحم پیـچـیـده در فـضـای دیـد مـردم رهگذر بسو یش می انداختند ولی شب هنگام راه یکی از جوی های آبی که به حیاط کوچک وی مـی رسید، با سنگهائی که بدقت نقوش ریاکاری سطحش را فرا گـرفـتـه بـود، مـی بستند تا نهالهائی را که جوان با قدرت صبر و قـطـرات امـیـد جـاودانـگـی مـی پروراند، در تنگنای سقوط فرو اندازند.

رهـگـذران نـیـز، بهـنـگام رفت و آمدهای عجولانه‌ی خو یش

ارج بیشتری، بر ایجاد سنگهای پر نقوش زیبا که رشته های متبلور قانون حفاظتشان می کرد می نهادند.

و اما جوان، از کلمات مقدسی که از قرنهای دور روی تاقچه ی اطاق منزلشان دیده بود، نیروئی می گرفت و شاخه ای از آن کلمات را در ایوان دیدگانش چون قندیلی آو یزان داشت و بگوشش طنین امیدواری می رسید که، «شکیبا باش و روزن را به آفتاب گشوده دار.»

و جوان دل محکم می داشت و شاخ و برگش استوار می نمود و این گونه بود که در هر فرصتی به آن مردمی که لحظه ای کلاه بر سر نداشتند و با کنجکاوی به آسمان شگرف دیده می دوختند، سخنی می گفت و آنان را بدیدن دشتهای آباد آفتاب و جاری شدن در جلگه هائی که از رودخانه های جاودانی سرسبز است، فرا می خواند، و آنگاه، دشتهائی را که قانون الهی شب و روزش را رقم زده بود به آنان نشان می داد و تکه ای از نسیم، بودن دشتهای خداوند را به نظر مشتاقان راه یافته جاری می نمود.

جوان با این که، بجز نوری که از خودش ساطع می شد اطرافش را همه تاریکی احاطه کرده بود و به این خاطر کمی از نظرها پنهان می ماند، اما هم چنانکه کاروان می رفت تنهایی جوان نیز به آخر می رسید و گروه گروه جوانان شبیه او به

میعادگاه می رسیدند و در طول چندین هزار سال بر جمع ایشان افزوده می گشت. هر چند که باز تعجب انگیز می نمود، که مردم بیشتر بزمین مشغول بودند تا به آسمان البته خورشید را شناختی داشتند، اندک و در همهمه‌ی یکدیگر در زمینش می جستند.

و جوان کماکان سخن را در حریر صداقتش می پیچید و از روزهای شادابی و جوانی مایه می گذاشت و بسوی خیل روندگان گسیل می کرد و شهرداران، آنان که هزاران سال شهرها را در دستهایشان ببازی گرفته بودند، زودتر از دیگران سخنان جوان را از شبکه لوله های مکنده دریافت می کردند و همان لغات و کلمات را با نواهای رنگ آمیزی شده و گلهای کاغذی عطرآگین تزئین کرده، بدست مجریان تزویر پذیر که متصدی برنامه های متنوع و سرگرمی های معقول و قانونی مردم عصر جدید بودند، می دادند و اینان قطار طویلی از این کلمات، برای مردم تشنه می ساختند تا آنان را مجاناً سوار کرده و در صحرای برهوت بگردش ببرند و مرداب مرده ای را به جای چشمه ای زلال، بدیشان بنمایانند که آرام گیرد تلاششان بجستجو.

از طرفی متصدیان «برنامه های متنوع» با قدرت سهمگین الفاظ بازی گرفته شده و شبکه‌ی وسیع تنوع، بنام «پارک جهانی تنوع و سیر و سیاحت کودکان بزرگسال» کاروان مردم

را از هدایت به روشنائی های دشتهای آباد خداوند دور می کردند.

ولی در هنگامه‌ی عبور از دشتها و روستاها آنان که از نسیم شنیده بودند سخنان جوان را، دستهایشان را به آسمان بلند می کردند تا در چشمه‌ی رنگین کمان تطهیر دهند و سپس دستها را چون ریسمانی بهم می بافتند و افکارشان را در آن گره می زدند و آنگاه آن ریسمان را به دور مزارعشان می کشیدند تا در راحتی خیال پرورده گردد کاشته هایشان.

از سوئی دیگر پلیس همه جا شمشیر از نیام برکشیده بود و همچنان که نقصان جوهر نامرغوب وجودش را با اشاره‌ای از پنجه های کبود رنگ ابلیس ترمیم می کرد، خوشحال بود که اجراگر نمایشنامه‌ی یکنواختی است که باری بر دوش او نگذاشته است و از کفایت شادیش چون ملخی به هر سوئی می جهید و مرتب دستور می گرفت و به تناوب ضربه‌ای هم به جوان وارد می کرد که با هر ضربه بدن نحیف آن گیاه آفتابگردان از میان دو نیم می‌شدولی بلافاصله گیاهی همانند در کنارش می روئید آن چنان که به همین ترتیب مزارع جدیدی در نقاط مختلف به وجود می آمد. هر از گاهی هم ابلیس تنوره کشان تکه ابرهای رحمت را، که با نیروی قلب مادران رنج دیده‌ی دنیا در حرکت باران بودند، درپشت کوههای بلند زندانی می کرد و خورشید که در مشیت خداوند از راه می رسید شرمگین بود، که

مزارع گلهای آفتابگردان خواهند سوخت و افسردگی، چهره‌ی فانوس بدستان رهگشا را خواهد آزرد.

رنگ ظلم تازیانه ها بخشونت رعد و برق در دستان پلیس در گوشه و کنار جهان دیده را با سختی می سوزاند و تکنیک پیشرفته‌ی شهرداران مشاور قطره آرام بخشی به بینی مسافرین سرگشته می چکانید و سر آنان را به ترتیب در تونل عجایب شیرینی های روزگار که از برنامه های «پارک جهانی تنوع و سیر و سیاحت کودکان بزرگ سال» بود، گرم می کرد.

در تونل عجایب، رقصی بود پر هیجان از رنگهای بنفش، گیسوان در هم جادوگری دلفریب، خنده‌ی موجودی لطیف و جذاب که از دهانش گلهای ریزی به رنگ آتشین آبی و هوس انگیز بیرون می ریخت و فضا را اشباع می کرد و بر روی قلیان اندیشه ها شبکه‌ی ظریفی می کشید و صدای خاصی چون از شیپوری بر خیزد از قسمتهای مختلف دهلیز عجایب بر می خاست و با رنگهای سبز و زرد می آمیخت و در میان صداهای غریب، در امواج رنگها، کانالی تا بینهایت پیچ و تاب می خورد و به جلوشتاب می نمود.

مرد و زن و کودک، سرشان در دهلیز عجایب گرم می شد و از سرشان بخار تخدیر کننده ای با رنگ مردابهای آفتاب ندیده به هوا می رفت.

در دهلیز عجایب تنوع رنگها و سرعت تغییر شکل نقش ها،

کابوسی بنام تحیر به وجود آورده بود و قلاب هائی که از اشکال مختلف بیرون افکنده می شد، بر یقهٔ اکثر آدمکها فرود می آمد و آنان را با شتاب به داخل تونل می کشید. از آن پس همیشه دستها به سوی اشکال مختلف و زودگذر دراز بود و مردم عادت کرده بودند در گرفتن این رنگهای بی ثبات از هم پیشی بگیرند.

بیرون از دهلیز، آسمان بودو سفره پاک و سبز طبیعت را کوردلان غول آسائی بدون وضو می پیمودند و سپاس خداوند را در پیوستگیشان به رنگهای کاذب و در بنیانگذاری تزویرهای عجیب، از کف داده بودند.

در هنگامه ی پیچیدن و رفتن، شهرداران و ملک داران بزک کرده سوار بر بالونهائی با رنگ راهراه سیری ناپذیری نخوت و گمراهی که با لاله های خونین تزئین یافته بود، وارد ماجرا شده و در پیچ و خم بخار تیره ی لغزانی، کم کم دور می شدند و کجاوه ی آنان رنگ سرد آخرت به خود می گرفت.

و اما در دشتهای دور و نزدیک، در میان شهرها و در گوشه و کنار مزارع، گلهای قشنگ آفتاب گردان با سختی و مرارت بی آبی و تشنگی، رشد می کردند و مردان پیر خدا، آرام آرام با توسل به آویخته های سبز رنگ زندگی بخش، حمایت می کردند این بوته های سخت کوش را و از برکت الطاف خداوندی نسیم را با توشه ای از معجزات به میان ساقه های رنج دیده می کشاندند تا در رگهایشان همچنان شور جستجوگرانه ی آفتاب را

شعله ور نگاه دارند، و با هر غروب آخرین شعاعهای زر اندود را در دورها، به امید فردای بهتر، بدرقه کنند.

و همچنان در انبوه جماعات، تنوع سرگرمیها شکل می گرفت، تلألو قصرهای بلورین با دیوارهائی از آب جاری، بامی از بالهای عقابان طلائی و کنگره های رنگین آن، که بر هر کنگره اش دریچه ای برای تسکین حرارت اشتیاقهای بی پایان باز می شد و نشئه ی لحظات پرترنمی به زیرپوست تشنه می رساند و همیشه ضیافتی بود برای آنان که اشتیاقی داشتند بیازمایند قدرتمندی را، که نژادی، گروهی و یا موجودی را از سر می کشیدند تا سر و گردنش به ابرها برسد، یا زیرپاهایش را خالی می کردند که تا چاه تاریک و نمور و درد گرفته ی فراموشی پائین برود، و یا بر قالیچه ی غرور می نشاندندش تا با دیدگانی بسته در اوج پوچی عطش او را که هدیه ی شیطان بود کمی فرو بنشانند.

همه در چرخش دیوانه وار دهلیزهائی که بوجود آورده بودند سر در گم می نمودند و براحتی تکاپوی اندیشه هایشان خنثی می گردید، ولی در این سیر هیاهو برای هیچ، مردمی که روزنی گشوده داشتند ثابت قدم از رشته های رشد و تکامل سبز، از الطاف مقدس آسمانی بهره می بردند و آفتاب را شناختی داشتند و برکت انوار خداوندی را ارجی می نهادند، این زاهدان و شیفتگان برکات الهی نه شمشیری به دست و نه ترسی از

ابلیس آتش افروز در حیاط دیدشان بود، مسافرانی بودند که با توشه‌ای مقدس از سالهای پر تجربت خود، بچرخش و تکامل گلهای آفتابگردان کمک می‌کردند و به حمایت الطاف سبز آسمانی گاهی در دیاری گل آفتابگردان به رشدی می‌رسید که تکه ابرهای مسافر بر شاخ و برگش اطراق می‌کردند و گل از سرچشمهٔ پر سخاوت آفتاب می‌نوشید نور را و پیر هزاران سال بدون واسطه به خدا می‌نگریست و شیطان هم تجربه می‌کرد گرمای خوب صداقت کودکان و نور ایمان را که در دل آنان افروخته شده بود تا از روزنی کوچک صبح فردا را که خورشیدش تابیده بود به بینند و بدان سوی، اراده‌ای بیندیشند.

از دریچه‌ی وجدان فلسفی

دشت و ماهور در پنجه‌ی قدرتمند آفتاب می سوخت و زمین از این سوزش جان می گرفت و قوی‌تر می گشت و بیشتر می بلعید و تجربه می اندوخت و پوسته‌اش در زیر شلاق گذران و سهمگین زمان، گاه در شتاب کاروان سرما و گاه در شدت گرما، زخیم‌تر می گردید. و باد، کهن شاهد سینه‌پُر، آهنگی به پیچ تاب زمین داده بود.

اکنون لحظه‌ای بود که روزگار دراز را در دل داشت و در میان این لحظه، ذرات آفتاب چون بارش گرم و سوزانی بر من می ریخت و از نوار باریک سایه‌ی دیواری بلند که از خاکِ مسافر باد، انباشته شده بود، نگاهم به صورت سیه‌چرده هفتصد هزار چروک خورده‌ی پیرمردی از قدیم، چسبیده بود. زنجیر تیره‌ی انگشتان پینه‌بسته‌اش، زانوانش را بهم فشرده بودند و از تنبان سیاهش که به بی رنگی خاکِ گذر می ماند ساقهای

چوبین سوخته‌اش چون آهن زنگ خورده‌ای که جایی در پیوند ساختمانی نیافته است، بی مصرف می نمود. من به پیرمرد مفلوک می اندیشیدم، نگاه ثابت و بی اعتنایش چون درفشی به دیده‌ام فرو می رفت و حرفهای سالیان را در درون غوغایی من می نشاند. نگاهش نه لرزان و سست که فریاد می کشید. و گستاخی آن نگاه که کلمات را بی شرمانه می تافت و بر من نشانه می رفت، مرا می آزرد و خون خونم را می خورد. احمق نمی دانست که من کیستم، فکر کردم بر سرش خروش برآورم تا شاید ادبی گیرد آئینه‌ی زنگار گرفته‌ی صیقل نیافته‌اش، که ناگهان تابش ثابت نگاه او از میان روزگار پرچین چهره‌اش به آرامی بر من خرده گرفت که: «می شناسم ترا، ای در تعقیب من، آئینه‌ات را هزار نقش باطل زده‌ای، هفت هزار سال است که نگاه ما در راه شهر عدالت بهم گره خورده است و سؤال هنوز بی جواب، و تو از موجودیت من، دراز روزگاری است که نردبان می سازی تا آسمان را به پائین کشی، ولی سر در گمی در میانه‌ی راه که اسیر زمینی و از پله هایی که بجایی استوار نیستند گاه چنان سقوط می کنی که به نوبت همه‌ی ستونهای بدنت می شکنند و ابزار و ادواتت دوامی چندان به ساخته هایت نمی توانند داد که با غروب، فرو می لرزند ستونهای بی بنیان، و چگونه باز هوس می بازی که از نردبانی بالا روی که بر ذرات باد استوار است.» همانگونه که حرفهایش بر من می بارید،

چینهای زخیم چهره‌اش در زمان کش می آمدند و نشانه ای از پستی بلندی روزگار را تداعی می نمودند و چشمان تیز بین و پر گفتگویش همچنان در تکاپوی فلسفه ی بودن می درخشیدند. حس کردم سالی است که نگاهش را از من بر گرفته است و به چند مرغ و خروس، که با پرهای تیره کمی آنطرفتر، بیهوده در تلاش دانه چیدن بودند، نظری دارد. اما نگاه گستاخش با من بود که می گفت: «ترا چه کرده است این غرورپوچ رنگین که این چند مرغ وخروس بی نوای کویری نیزپشیزی برایت ارزش قائل نیستند».

دیگر طاقتم از دست رفت، خون جلوی چشمانم را گرفت، نیزه ام را با قدرت سر دست بلند کردم و بطرف چشمانش پرتاب نمودم. لحظه ای هیچ نبود، و سپس بادی گرم زوزه کشان گذشت وخاکی بر سرمان ریخت و آنگاه که هوا صاف گشت، دیدمش، خیره نگاهم می کند و با نیشخندی می پرسد: «چه شد غنائم گرانبهاو گنجهای بی همتایت و به کجا بردند ترا که هنوز مسکینانه می طلبی و دریچه نمی گشایی الا دریچه ی نیاز همیشگی را؟» احمق مرا نیازمند می خواند. نگاهی به خود افکندم بالاپوش زربافتی که بتن داشتم با سنگهای نادری تزیین شده بود و تبلور رنگین این همه گوهر نایاب را در چکمه های مخصوص خود دیدم، دست بر قبضه ی شمشیر مرصعم گذاشتم که هفتصد استاد مینیاتور چینی، کاری به بزرگی

آفریده بودند. خزانه ام پر بود و جام عیش و عشرتم لبریز و خورشید تابناک در شب نیز به بزم دولتم می تابید شادمانه بود اندیشه ام که نگاه پیر خشکیده در آفتاب ندا سرداد که «خزانه ات پر است ولی هم بیم داری، هم نیاز که مستحق آمرزشی که دل و دیده ات بزندان خودبینی گرفتارند و آفتاب را غروبی نمی بینی، زنهار شب تاریک در کمین تو است که کاروان بلند به پستی درگذر است».

چشمم سیاهی رفت نفسم بند آمده بود از این گستاخی فکر کردم که این احمق چگونه می تواند این چنین گستاخ باشد. شاید نمی داند که موجودیت او از من است و در سیاهی و برافروختگی و شقاوتی که داشت منفجرم می کرد شنیدم که گفت؛ «نه، پسرعمو، راهت همیشه اشتباه بوده است، موجودیت تو، متأسفانه از من است، من ترا ساختم و پرداختم، که شیطان همواره وسوسه ام کرده استکه بُتی برآفرینم که روزگار من و فرزندانم را به سیاهی کشاند، تا روزی که دوباره بزیر کشانیم از اریکه‌ی ظلم و جور بی حدش».

باد در چرخشی گله کنان دور می شد که من از بوی عطر گل بخود آمدم. برتختی زرین نشسته بودم در ایوانی که ستونهای سنگی آن را رهگذران اسیر قدرت من، سالها در پرتو خورشید نقش افکنده بودند و آنان که اسمی و نشانی نداشتند بر هر گوشه‌ی این طاق و ایوان اثری بدیع به حیات آورده بودند که

شایسته بود مقام و منزلتی را که من داشتم. باغ بزرگ رو بروی من بجز راه باریکی که از زیر ایوان مقام من تا به ابد می گذشت، در دو طرف تا نگاه می کردی گل و سبزه بود و در اطراف ساختمان بی همتای من، جایگاه کوچکتر دیگران که در سپاهیان و جنگجو یان همیشه آماده به درجاتی عظیم نائل شده بودند. در هر گوشه‌ای قراولان و خدمتگذاران در تکاپوی هم‌آهنگی دیده می شدند.

نشسته بودم و در مقابلم، درست از وسط جاده‌ی شنی مقابل دیدگانم که از زیر ا یوان تا به افق می رفت، آفتاب دشت غروب می غلطید و در دو طرف این راه دراز، گل و گیاه در زیر بال نسیم می رقصیدند. سینی نقره‌ای پر نقش و نگار در مقابلم میوه‌های بیشمار داشت و در پایین تخت بر کرسی کوچکی مردی که فاخر و عاقل، مشاور و مستوفی بنظر می آمد، نشسته بود و موؤبانه سخن می راند و از کمبود چنین میوه‌هایی در سرزمین ما و این که چه راه مشکل و دوری طی باید گردد تا که این تحفه‌های شاداب به اینجا برسد، قصه‌ها می گفت. من عاقلانه دیدم که در مقابل بیاناتش خاموشی گزینم و گوش فرا دهم. می گفت «بار سفر باید بست و هفتصد سال در راه بود تا به دشتی نیمه آباد رسید که مردمی دارد و آبی و گندمی، و آنجا را فتح باید نمود، چندین نفر را کشت و مشتی کلبه و ساخته را و یران کرد و مردمش را گوشمالی داد که آنان دورند و غریب و

مسکین و زبون و ما قدرتمندیم و دلیر و اگر آنان بجای ما بودند، زینهار بدتر می کردند، پس ما باید زحمت و درد راه را بر دوش کشیم و برویم به آن ملک تا روزگارشان سیاه و ناخوش گردد.

هنوز گوش می کردم و او حرف می راند و من از خوردن میوه‌های نایاب و شراب گوارا و گوشت بریان که راهی دراز طی کرده بودند تا به شکم من برسند، حالم بد شد و بی اختیار حسرت آن خوردن مشتی گندم برشته‌ای نمودم که روزی کودکی فقیر، کثیف و بی تنبان، وقتی کوکبه‌ی جلیه‌ی من از میان اقامتگاه دهقانان و رعیتها می گذشت با لذت به دهان می ریخت و قید جلال و جبروت مقام ما را نمی داشت، و هم بخاطر آوردم که همان کودک در هنگام جدل من با مردک سخت بنیان چروکیده نیز تکه نانی بدندان می کشید که مرتبه‌ی لذتش در حد عالی بود و من حسرت بدل داشتم و خشم در نهادم می جوشید که ناگهان سینی مقابل خویش را با همه‌ی محتویات خوشمزه و نایابش با لگدی بر زمین واژگون کردم، رعدی شد و کُرنشی از هر سوی، که عمل من شایسته‌ی بزرگان و پادشاهان بود که هر چند گاهی باید کاری به درستی و مبارکی انجام داد.

چنین بود که وزیر به شادمانی مطرب بخواست و می در گردش آمد و سر چون هزاران سال پیش از این، گرم شد و شادمانی بیحد که زمانش فرا رسیده بود، چرا که صبحگاه دستور

داده بودم گردن بزنند یک چند نفری را و رسم بود تا بتوانیم حکومت کنیم و رعیت در آرامش باشد. پس بار دادم مردم رهگذر را تا از این نعمت و زیارت خوان کَرَم بهره‌مند گردند، و آمدندو شاد بودم الا لحظه‌ای که احساس کردم، پیر مرد پشت دیوار قصر است و بزور هم داخل نمی گردد و رئیس قراولان به تهدید امر می کند که داخل گردد و او امتناع می ورزد و می گوید: سالیانی دراز کوشیدم که خارج گردم و حال هیچ کس نتواند مرا داخل کند که زلزله می آفرینم. و الحق چنین شد.

چون زلزله نازل شد، همه چیز درهم پیچید خانه های گلی، کلبه های چوبین ساحلی، قصرهای سنگی، چادرهای قدرت و زورمندی، و تپه ها و کوههای سر به آسمان کشیده همه فرومی رفتند در شکافهای عمیق و من نظاره می کردم همه جای دور و نزدیک را، مردمان هر ملک و خاک بلعیده می شدند، با آداب و رسوم و لباس و هدفشان و آنگاه دیگر باز از دل باغها و دشتها پس می داد زمین چیزهای بلعیده شده را. همه‌ی رنگها تغییر یافته بودند و هر چیز تغیرمی یافت و جای عوض می کرد. الا آسمان که در همه جا یک رنگ داشت و گاه با خمیر کردن ابرها، پختن نانی در انوار آتش گونه آفتاب دل خوش می داشت و زمانی با قدرت، انبوه ابرهای فربه را می فشرد و دور از چشم خورشید کوه و دشت را می شست و در سرما می تاباندشان.

پس، پس داده‌های زمین طور دیگر بودند. آدمها را پس می‌داد به فرم دیگر ولباس دیگر و در جای دیگر و ساختمانها باز بیرون می‌آمدند از شکافهای عمیق و رنگ و رخ همه چیزهایی که پس داده می‌شدند، جور دیگر بود ولی آدمها را با دقت کردن به عمق دیدگانشان می‌شد شناخت در واقع کمی عوض شده بودند ولی جنسشان اصیل‌تر نبود خوب که دقت می‌کردی نگاهشان آشنا بود و افکارشان در محدوده‌ی همان دریاچه‌ی قدیمی و به یک نواختی در حسرت و امیدی پر اضطراب غوطه می‌خورد همه چیز با زلزله تغییر کرد و همه چیز در اشیاء و موجودات در تغییر بود جز پرده‌ی آخرین چشمان رهگذران ولی بقیه‌ی بودنیها در رقصی متداوم گاه سریع و گاه به تأنی با لرزشی همیشگی به جلو کشیده می‌شدند.

و اما در این گیر و دار خود را باز در کنار وی در صحرای سوزان در زیر حرارت سوزنده‌ی کوره‌ی خورشید، در نیمسایه‌ی دیواری گلی یافتم و محیط آشنای جان بود و در نگاه پیرمرد همان آتش گله‌مندی به آرامی می‌سوخت.

آفتاب سوزنده بود و باد ولگرد ره گم کرده خاک بر سر می‌ریخت و دیواره‌های گلی، اینجا و آنجا نشان از بودن و بچه‌ها که می‌شد از حالا نگاه خاص پدر را که به ارث برده بودند در حالت چشمانشان دید، کثیف و ژنده پوش و خاک آلوده، می‌پلکیدند و راهشان دور بود و کفش و تمایل رفتن

نداشتند ولی سهم آفتابشان بیشتر می نمود.

چون فرصت از دست می رفت، آماده شدند سپاهیان در زیر فرمان من، همه رزم دیده و دلیر و تشنه‌ی غنایم و چپاول و خو گرفته به قتل و تاراج آنچه ضعیف می نمود و حرکتی در جهت روز و شب داشت.

پس صدای سُم ستوران بود و غریو فائق آمدن که در هم شکستن شکستنیها جلوه‌ای داشت از شیون زنان و یتیمان خاک بر سر، و امروز مناره ساختن از کشته ها و دگر روز قصرهای شکوهمند بر پا کردن و شبهایی در بزم غرور غوطه خوردن. روز می آمد و آتش خشم افروخته می گردید که باز هم می دیدیم صحنه‌ی کارزار را که خونها ریخته بود و وحشت و ترس فرا می گرفت همگان را الا گیاهان سر سوخته‌ی صحرا و باد ولگرد بی اعتنا که در لابلای بوته ها می خرامید و قصه‌ی سفر می خواند و باز همه‌ی این مناظر مرا به نگاه بی اعتنای پیرمرد چروکیده‌ی مفلوک نزدیک می نمود و این چنین بود که از دیدنش دگر بار رنجی بر من سنگینی کرد، دیدمش بی خیال و منتظر نشسته است نه منتظر من که بالا و بزرگ و قدرتمندم. دیدم نگاه او می خراشد درون مرا و حالم دگرگون می شود و از وی که چون آفتاب پرست، آرام و پر کینه در نیمسایه‌ای به خیرگی کمین کاروان کرده است.

هر چه می تاختم و تسخیر می نمودم و بر تخت ظفر می

نشستم، باز لحظه‌ای به گوشه‌ی بی درمان‌ترین نیم آبادی صحرا باز می‌گشتم و با پیر دندان خورد شده که لب سیاهش چون رودی عقیم در شیارهای کویری صورتش نشسته بود، برخورد می‌کردم و او همچنان که پاهای سوخته‌اش را بر خاک تکیه داده بود، دائماً می‌خراشید درون مرا. بارها، او را کشته بودم و بی رحمانه چپاولش می‌کردم و کودکانش را در بن بست سیاهی محبوس می‌داشتم و او خیره سر در سرتاسر راه دراز تاریخ، مرا به استهزا می‌گرفت و کودکانش بمن سنگ پرتاب می‌کردند و در آن خاک بیمار و کثیف و بی ثمر باز رشد می‌نمودند و سری نشان می‌دادند.

پیرمرد به آرامی شیارهای روی گونه‌اش را که در زیر نیمچه ریش سیاه و سفیدش پنهان بود خاراند و نگاهی گویاتر بر من افکند و یکی از کودکانش هم در حین جست و خیز سنگی هم بطرف من پرتاب کرد و من از اشتیاق خورد کردن آنان با ابزاری قدرتمند جهشی نمودم.

و باز چون فرو نشست هیاهوی باد پرغبار ره‌گذر، خود را در شکوهمندی مقرّی نورانی و رنگین یافتم، محیطی پر رونق از ابزار و ادوات دقیق و ظریف، خاص قدرتمندان معاصر، و فضایی مملو از لبخند و تمیزی و عطر و نور که پیشرفته‌ترین پوشش ساعات بالانشینان بود. به دور میزی با افرادی هم آهنگ و نیرومند به راه حرص و آز و گمراهی، به جلوه‌گری گرد آمده بودیم و گرمای

لذتبخش صنعت خدمتگذار که دست آلوده‌ی ما را قدرت بیشتری می بخشید با بوی ریا در هم آمیخته بود و در چرخش مستی و غرور بسته های رنگین تزویر را که با مهارت خاصی به ظرافت و زیبایی تزیین یافته بودند در نقاط دور و محروم پخش می کردیم و مشت گندمشان را که روشنی آفتاب و برکت باران داشت به یغما می بردیم، که باز درآن امواج رنگین و مغرور مقابل دیدگانم، نگاه نافذ و بی اعتنای پیر قدیمی، از روی ذرات آغشته به بوی خوش جامه‌ی فاخرم، به درونم راه یافت و دردی را تازه کرد و مزه‌ی جام گوارای حاصل عمرم را به تلخی کشانید، که رنج من بود، که پیرمرد همیشگی از هر روزنی به درون می نگریست و من از روزنی نظری به بیرون داشتم.

غروب رسیده بود و من سحر را به داشتن چیزی که موجودیتی از آفتاب نداشت، عجولانه در دالانهای تنگ و تاریک طی کرده بودم، و از تاریکی بسوی تاریکی درپی رنگهای مواج و شفافی می دویدم و سحر در آغاز روز بود و روز در آن سوی دشت می تاخت و نعمتش به پیرمرد و آبادی ناآبادش می رسید و آتشش می گداخت چشمان بسته‌ی مرا که آفتاب را هرگز باور نداشتم.

تا شهر گوهرین

اتوبوس همچنان، شب و روز در حرکت بود و مسافرین با سلیقه های مختلف چیدنی ها را می چیدند و دیدنی ها، از دریچه های گوناگون بسیار کوچکی، گاه با تعمق بیشتر، و زمانی با دیدگانی بدون تفکر، دیده می شدند. خوردنی ها، خورده می شدند، نه با سپاس یافتن، بلکه عادتی گشته بود، چون چیدن بی تفکر از درختان که ردیف باغچه ی زمان را، تنوعی بخشیده بود از رنگهای فصول در گردش.

و چراغهای سبز رنگ حق بهره برداری از تنعمات در فرصت های ایجاد شده، روی پیشانی مسافرین چشمک می زد و آنان در تلاش پر زحمت، برای ساختن انبارهای مطمئن بودند تا اندوخته ها و بازیافته ها و صید کرده ها را در آن جا جمع آورند،

هم چنان که در جاری کردن عرق حریص خویش، از روزگار شکایتی داشتند.

اینان فرصت کمتری می یافتند، تا از روزنه ها نگاهی به بیرون افکنند.

شگفتی های دشتها، سرود باران، و سکوت پر بیان کوهها و کلمات حک شده در لحظات مسافر، را نمی دیدند و نمی شنیدند.

اتوبوس در جاده ای بی انتها، از کنار سواحل، در عمق دره ها از میان کوههای سر به آسمان بلند کرده، از دل انبوه جنگلها، در صحاری خشک و سوزان و سرد و طوفان زده، به راه خود ادامه می داد.

نه سد معبری، نه پیچ و خمی نه خشم طوفانی، هیچکدام قدرت متوقف کردن اتوبوس غول پیکر رهسپار را نداشتند. و آنچه مقدر می نمود همانا حرکت چرخها بر ذرات غلطان زمان و غروب لحظه ها و جلوه منزلگاههای بیشمار بود.

اتوبوس پیش می راند و مسافرین خود را در جایگاههایشان جابجا می کردند، و اکثراً با منگوله های طمع انگیزی از جنس هوس که در مقابل دیدگانشان باین سو و آن سو حرکت می کرد مشغول بودند و رنگهای متنوع و حجم بزرگ بعضی از این رشته های آو یخته امکان دیدن محیط را از مسافرین گرفته بود.

در ازدحام رفتن عده ای با باران نصیحت صورت چرک

کود کانشان را جلا می دادند و بعضی ها هم با دقت و ممارست زانو زده و برای فردایشان نقشه می کشیدند و با نگرانی، خطوطی را که کشیده بودند از دید دیگران پنهان می داشتند و یک چند نفری هم مسافر کنار دستی خود را بغل کرده سبک و سنگین می کردند تا دریابند که آیا طعمه ای بر قلابشان خواهد آویخت یا با گشاده روئی بسوی طعمه ی دیگری هجوم باید برد.

معدودی هم با چشمانی نیمه بسته و گوشهای تیز کرده فضای اتوبوس را نمونه برداری می کردند تا از امکانات مالی و نردبان تعصب بعضی اشخاص که به آن وسیله به طبقات نمور و بدون آفتاب پائین رفته بودند، اینان، بالا بیایند. اکثراً در تلاش یافتن و بهر زحمتی به چنگ آوردن مال و منال بیشمار جثه ی کوچکی پیدا کرده بودند. این اشخاص چشمانشان دائماً برق می زد و شبها وقتی در بین مسافرین تکه هائی از رؤیا قسمت می کردند، تا با دیدگان بسته بسیر و سیاحت بپردازند، اینان نمی پذیرفتند و با چشمان باز در تلاش یافتن سنگهای الوان قیمتی در تاریکیها دقایقشان را آتش می زدند تا بهتر ببینند، و ابزارهای بیشماری که در دست هایشان بود، جثه کوچک آنان را قدرت و نیرو می بخشید. و همگی جنبش خود را بخاطر ساختن چیزی در آن سوی پل توجیه می کردند.

در آخرین ایستگاه جاده، پلی شگرفت و دیدنی قرار داشت و هر کسی به طوری خاص، ترکیب پل را بیان می کرد. ولی

کسی آن طرف پل را ندیده بود و کمتر کسی بود که تصوری در افکار خود از آن سوی پل نداشته باشد و بالاخره همگان ناچاراً در این سوی پل پیاده می شدند که با اندوخته هایشان قدم زنان به آن سوی پل بروند.

زن و مرد جوانی که از پنجره بیرون را نگاه می کردند ناگهان با هم فریاد کوتاهی کشیدند: «چه کوه قشنگی» کوه قشنگی که از پنجره دیده می شد، کوهی نه چندان بلند بود که از تخته سنگهای جدا شده از هم انباشته شده بود و سنگها، از بیم سقوط در سکوتی سخت روی هم آرمیده بودند.

این کوه که رنگ قهوه ای بی حوصلگی، مایل به اندوه را بخود گرفته بود، اطرافش پر بود از تپه های گرد و کوتاه که بوته های انار وحشی محصورشان کرده بود، این بوته ها ترانه هائی را در گوش نسیم زمزمه می کردند که حاکی از رضایت آنان به تقدیرشان بود. فریاد شعف انگیز زن و مرد جوان، توجه مردی سبزگون را با چشمانی گرد و خندان و لبانی صاف و کلفت که کلاه سفید عرقچین مانندی بسر داشت، بخود جلب کرد. مرد که پانالی نامیده می شد و چهل ساله می نمود، لبخندی از عطوفت و سادگی را به تنهائی آن دو افزوده و گفت: «پس شما از دیدن کوههای قشنگ و بلند لذت می برید» دختر جوان که زودتر از همسرش به پانالی نظر افکنده بود جواب داد: «بله اگر که ذخیره ای همیشگی از برفهای پاک آسمانی نیز در قلۀ بلندش

دیده شود و دامنه‌اش منزلگاه انواع گیاهان باشد، ما آرزوی دیدنش را داریم)) پانالی گفت: ((من می توانم لحظات قشنگی برای شما همسفران تدارک ببینم، من شما را به بلندترین، زیباترین و پر جمعیت ترین خانواده‌ی کوههای جهان خواهم برد، کوههای بلندی که ابرها در کمرگاهشان زاد و ولد می کنند و دست ابلیس به قله‌ی پاک و پربرفشان نمی رسد، کوههای سر به آسمان کشیده با دریاچه های زیبا، محصور به صدها کوه دیگر با دامنه های وسیع و سر سبز که مهربانترین و پاکترین ابرهای رهگذر، باران نعمت بر دامنه های پربارش می بارانند و آواز لذتبخش سکوت در بوته زارهایش، نگاه خسته را آرامش می دهد)) ـ پانالی که بی اختیار تحت تاثیر سخنان خود و مناظر کوههای وطنش قرار گرفته بود، با چهره‌ای کاملاً جدی در حالی که چشمانش در نقاطی دور بدنبال شگرفی های تازه‌تری از طبیعت می گشت و با حرکات ناخودآگاه دستانش وضعیت کوهها را در نظر مستمعین مجسم می نمود، ادامه داد: ((در کوههای بلندی که شما را به دیدنشان خواهم برد، ستاره ها زندگی می کنند، در شب های مهتابی می توانید خوشه های ستاره را که از آسمان نزدیک روی سرتان نور افشانی می کنند، لمس بکنید)) و در حالی که صدایش را آرام می کرد ادامه داد: ((و اگر دلتان خواست از آن خوشه ها بچینید و در سبدتان بریزید)) پانالی که در حالت خاصی از تصورات خود فرو رفته

بود، نگاهی به صورت مرد جوان که در کنار همسرش با چشمانی گود رفته و متعجب و چهره‌ای لاغر و دماغی تیز و رنگی پریده، مبهوت سخنان وی بود، افکند و گفت: «آری مردم از سراسر دنیا به تماشای کوههای عجیب سرزمین ما می‌آیند و بعضی‌ها برای همیشه در یکی از آبادیهای دامنه‌های خرم آنجا رحل اقامت می‌افکنند.»

مسافر دیگری که در پشت سر پانالی نشسته بود سرش را کمی نزدیک گوش وی آورد و پرسید، «ببخشید شما از چه راهی امرار معاش می‌کنید؟» پانالی گفت: «از طریق محبت و دوستی، دستم را دراز می‌کنم و از آویزه‌های الهی میوه می‌چینم و سالهاست که در دامنه‌ی بلندترین کوه جهان زندگی می‌کنم، زمینی است سبز که به احشام ما و ساکنین آنجا برکت می‌دهد و روزما را گرمی قربت و بی‌نیازی می‌بخشد.»

مردک سؤال کننده که صورتی پهن و موهائی سفید تاب خورده و رنگ جو گندمی داشت این بار پرسید: «راستی وضع زمین آن جا چگونه است؟» پانالی که متوجه سؤال مردک نشده بود همان طور خیره نگاهش می‌کرد تا این که مردک دوباره گفت: «یعنی این که فکر می‌کنید اگر آدم آن جا زمین بخرد و بگذارد مدتی در تلاطم امواج حماقت خیس بخورد، سودی در بر خواهد داشت؟»

پانالی که کم کم سوزش سوزن وی را روی دستهایش حس می کرد پاسخ داد: «البته شما می توانید زمین داشته باشید و منفعت هم بکنید زیرا زندگی در هوای سالم آن جا و نزدیک بودن به آسمان و داشتن حیاطی زیبا از طبیعتی شگرف، استفاده شایانی است که نصیب هر کسی نخواهد شد.» مردک که بریده بریده و کوتاه صحبت می کرد گفت: «می دانید آقا من خیلی زمین دارم، در اغلب ایستگاهها زمین خریده ام و وقت این که در سرزمین شما حتی برای چند صباحی زندگی کنم، ندارم، ولی فکر کردم اگر استفاده ای برای فروش داشته باشد یک قطعه ی بزرگ بخرم بیاندازم باشد، عجله ای هم برای فروشش نخواهم داشت، چون خانه های من در نقاطی است که قشنگتر از سرزمین شما است، در مکانهایی که من خانه خریده ام چراغها رنگین تر است و ازپشت و یترین ها، طلاست که می درخشد و پول است که می سوزد و هوایش غرور و شیکی به آدم می دهد، در همه ی و یلاهای من در شرق و غرب نقش و نگارهای قیمتی با رقصی مضحک، بیهودگی بودنشان را به رخ آدمی می کشند و روز به روز ارزش معاملا تی املاک من بیشتر می گردد، اما خود من بخاطر مشاغلی، چون بانکداری در یک جزیره پرپول و سهیم بودن در کارخانجات عظیمی که به آشوبها و جنگها چاشنی آتشبازی بی نظیری می افزاید فرصت کمتری برای خفتن در منازلم پیدا می کنم.»

پانالی گفت: «البته من علاقه‌ای بداشتن، بدون ترنم لحظات ندارم و ازکارخانجاتی که بازدمشان سپیدی ابرهای پر نعمت را لکه‌دار می کند، بدنیای دیگری می گریزم، و خوابیدن را با سادگی سقف رو یایی چشمانم بهتر می‌پذیرم و سحرگاهان با دیدگانی سپاسگذار به طلوع خورشید خوشامد می گو یم.»

مردک گفت: «البته افرادی مثل ما با اشتغال بمعاملات مختلف سهام در سرزمینهای موجود، همواره بهنگام خواب در بالکن نگرانی، بیدار خواهند بود و ما بهنگام بیداری در تاریکی حیاتمان در خواب هستیم» مردک درحینی که با دوربین تصورات، که محکم بیکی از چشمانش چسبانده بود، موقعیت پولی دنیا را بررسی می کرد، ادامه داد: «البته خانواده‌ی پر محبت منهم به سرزمینهای طبیعی و بکر علاقمندند ولی چون در اوج هستیم و همان طور که می دانید گذر باد در بلندی شدیدتر است، فاصله های ما نیز در خانواده‌ی خودمان کمی از یکدیگر بیشتر گردیده و سنگینی مسئولیت نیز روی دوش ما، عاملی است که از هم دور بمانیم و فقط از دور برای هم فریاد بکشیم، که متأسفانه حرفمان در راه رسیدن تغییر می کند و با آلودگی مسیر، الفاظ حرارت غریزی خود را از دست می دهند و شکل جملات نیز کمی دگرگون شده و وقتی که به منزل می رسند در جای دیگری می نشینند.» آنگاه لبخندی خشک چاشنی

سخنانش نموده ادامه داد: «مضحک است که الفاظ پس از طی راهی دراز بجای اینکه بر دل و دیده‌ی آشنا نشینند، روی نرده‌های بالکن خانه آویزان شده بخشکند.»

پانالی که چشمان گردش گردتر شده بود و با تعجب مردک را در صندوق خاطره‌اش ضبط می‌کرد، خیلی سریع گفت: «پس شما می‌خواهید یک چند هکتار زمین بشرط استفاده‌ای کلان در دامنه‌ی کوه بلند بدست بیاورید» مردک لبخندی از رضایت بگونه‌اش چسباند و چاپلوسانه جواب داد: «البته با کمک شما، چون صاحبنظر می‌باشید، میل دارم یک قطعه‌ی مرغوب در آنجا برایم پیدا کنید که بازار خوبی در آینده داشته باشد، و اینکار فقط از دست شما دوست گرامی ساخته است، شما می‌دانید من چقدر گرفتارم، من در میان راه‌های بیشماری که اطراف سرم ساخته‌ام به دردسری مبتلا شده‌ام که دائماً آزارم می‌دهد، فشار بار داشتن، مرا به پایین می‌کشد ـ و پانالی بیدرنگ در میان سخنان مردک دو یده و گفت «و رنگ زرد و ثابت و ارقام صعودی، شما را در سیاهی شب نیز به طرف بالا نگه می‌دارد، چه مرد بیچاره‌ای ـ، بله آقا من واقعاً بیچاره‌ام و کمی بد شانس، همین دیروز می‌توانستم در یک معامله‌ی کارخانه جرقه سازی، برای روشنایی جنگ، شرکت کنم که متأسفانه کمی وقت کم آوردم و از دست دادم، ثروتی باد آورده را، باور کنید از دیروز معده‌ام می‌سوزد و دود افسوس دهانم فضا

را تیره کرده است و چشمان شما را هم می آزارد.» پانالی فوراً گفت: «بله مثل دل من، دل منهم برای شما می سوزد و بهمین علت سعی می کنم زمین مرغوبی برایتان پیدا کنم که در آینده سودی کلان بزاید، هر چند که شما مسافر در آن زمان کجا خواهید بود، نمی توان امروز حدس زد و شاید بتوان حدس زد ولی نتوان گفت.

مردک که فقط جملاتی را که برایش آورنده‌ی ثروت بودند می شنید، رضایت خود را از پانالی با اشاره‌ای که به پیشکارش ـ مرد مودب، موی سپیدی که سبیلهای نازکی داشت ـ نمود، به جای آورد، و پیشکار مردک یک بشقاب چینی پر از موز درخشان قرمز رنگ و یک ظرف آب آبی رنگ آناناس را روی سینی نقره‌ای، که چون چراغی نورافشانی می کرد گذاشت و به پانالی پیش کش نمود و آنگاه از جیب کوچک کتش دستمالی بیرون آورد و تکانی داد که بطری بزرگی پر از مایع طلایی رنگ روی دستش قرار گرفت و سپس بطری را نیز روی میز پانالی گذاشت و گفت: «این لیکور مخصوص از عصاره‌ی طلا و زعفران تشکیل گردیده است و ارباب این را فقط به آدم های محترمی چون شما که کاری برایشان انجام می دهند، تعارف می کند، خوردنش مفید نیست بلکه مضر و خطرناک است، ولی چون دست یافتن به نایافتنی ها غرور و تشخصی عظیم به ما می بخشد باید تهیه دید و خورد، به هنگام نوشیدن باید از قرصهای

مخصوصی که با این لیکور بشما هدیه می گردد استفاده کرد که زهر مضرش را خنثی کند.»

پانالی در حالیکه سرش سوت می کشید، ـ و چند نفری که در چرت بودند ناچاراً از صدای سوت سر پانالی، دیده بماجرا گشودند ـ دست در جیب خود کرد و چند عدد بادام و یک زنجیر ظریف از انوار آفتاب را روی میز مردک ریخت و موقتاً پیوندی ناموزون این آشنایی به همین جا ختم گردید.

پانالی که تعجب و ضعف را در چشم دختر جوان احساس نموده بود برای تقویت سادگی و شادابی چهره‌ی دختر، کندوی عسلی از کوهستان موطنش به وی بخشید و گفت: «من خوشحالم که شما طبیعت را دوست دارید، صبیعت دوست انسانهایی است که بخداوند نزدیکترند و روحیه‌ی این مردم توسعه می یابد و از دریچه های بیشماری شگرفی خلقت را می نگرند.»

مرد جوان گفت: «ما می خواهیم دو سال دیگر با اندوخته‌امان به جلگه ای در دامان کوههای بلند کوچ کنیم و آنجا منزلی برای خودمان بسازیم، خانه ای که ازپنج جهت روزنی به بیرون داشته باشد.» سپس ادامه داد «من در کارخانه کار می کنم» و دختر جوان گفت: «منهم معلمم، ما خانه‌مان را با عکسهایی از طبیعت که کودکان مدرسه نقاشی کرده و بمن یادگاری داده اند، قشنگتر می کنیم و آنجا، گردش زندگی ما

قطره‌ی شفافی خواهد بود از چشمه‌زار خورشید، که با طلوعش برمی‌خیزیم و با غروبش در سکوت اندیشه‌های شادی‌بخش غوطه می‌خوریم تا نیروی تازه‌ای برای رفتن بیابیم.»

در یکی از صندلیهای وسط اتوبوس مردی روحانی کنار مردی که دوست داشت روحانی بودن را کنار بودن‌های دیگرش در قلمرو نفوذ خود بگیرد مشغول گپ زدن بود. مرد روحانی چهره‌ای ساده نگاهی عمیق داشت با هاله‌ی محبت‌آمیزی از غم، که او را صمیمی‌تر از دیگران جلوه می‌داد، او بمناظری که از مقابل دیدگانش رژه می‌رفتند خیره شده بود و آرام آرام جواب کلمات تند تند و شتابزده‌ی روحانی طلب را می‌داد، مرد روحانی گفت: «چه دریاچه‌های قشنگی، چقدر لذت‌بخش است در دریاچه شنا کردن به هنگام طلوع آفتاب، به آغاز تلاش بودن و به هنگام غروب بدن نیم گرم آب را، این موهبت پاک و بی‌نظیر خدا را تجربه کردن.» روحانی طلب در حالیکه سرش را با نیم دایره‌ای تقریباً مقابل مرد روحانی قرار می‌داد، چشمان درشت و سیاهش را که مژه‌های تیغ مانندی داشت، با تعجب به چهره‌ی روحانی دوخت و با دستش صورت خود را که از موهای زبر ریز پوشیده بود خاراند و سئوال کرد: «مگر شما شنا می‌کنید؟ منظورم این است مگر ایرادی ندارد که شما خدمتگزاران به خدا در آب دریاچه بروید و مانند بچه‌ها شلپ شلوپ بکنید، می‌دانید کاری که بچه‌ها در آب می‌کنند،

جست و خیز کردن و آبپاشی.»

مرد روحانی نگاه عمیقش را لحظه‌ای کوتاه به چشمان روحانی طلب دوخت سپس باز به سیاحت طبیعت پرداخت و گفت: «باید در طبیعت غوطه خورد، در دریاچه ها شنا کرد، در آفتاب آرمید و در بوته هاسکنی گرفت و با دستان تهی منزلی زیر چتر آفتاب بنا کرد و باید روزنه‌ای در سقف گشوده داشت تا، حرف روشن مهتاب و ستارگان بدرون خانه برسد و گوش بزنگ باید بود تا پیام ها را از هر ثانیه‌ی گذران بدون واسطه دریافت کرد و سپاس بجای آورد، بیکران الطاف خداوندی را.»

مرد روحانی طلب با شتاب گفت: «بله البته نباید خدا را فراموش کرد و به این خاطر من اطاقی را در خانه ام به کتابها و سخنان آسمانی اختصاص داده‌ام، باور بفرمایید که کتابها را به زحمت بسیار و هزینهٔ گزاف بدست آورده ام، اغلب آنها قدیمی است و بعضی ها با قابهای طلایی تزیین یافته اند و نام خدا را با طلای ناب و سنگهای قیمتی در مدخل اتاق مخصوص نصب کرده‌ام، کتابهای مقدس را در صندوقی که تماماً با نقره‌ی خالص و عاج منبت کاری شده است و لایه‌ای از طلا پوشش داخلیش را تشکیل داده است، گذارده‌ام «و سپس با لبخندی پیروزمندانه ادامه داد، «بنده هر چند که برای بدست آوردن روزی بیشتر، رشته های آو یخته از آسمان را ـ که در خانه های دیگران پایین آمده ـ بسر، رشته‌ی مر بوط به، روزی، خودم گره

می زنم، ولی در راه خدا هم قدمهایی بر می دارم، مقدار متنابهی از آنچه رویهم انباشته‌ام مفقود می گردد و من این مقدار را که در بی خبری وسیله‌ی کسانی بلعیده گردیده، بپای خدمات معنوی خود می نویسم» ــ آن گاه از کنار کفشش بادکنکی را در آورد و یک آن در آن دمید و بادکنک بصورت مجسمهٔ بزرگی در آمد که روی پایش را با خطی درشت ارقام رنگینی پوشانده بود ـ و سپس ادامه داد، «من مایلم مسؤولین محترم بدانند که علاقه‌ی من بنزدیکی بخداوند شدید است و به همین جهت در تمام جلسات اداری و مالی و شرکت در مناقصه ها موضوع را عنوان کرده ام، گفته ام که کارهای بزرگ را باید به آدمهایی مثل من متدین و خیّر واگذار نمایند، اکنون مایلم که مورد توصیه‌ی جنابعالی نیز قرار بگیرم، اگر در شهری بخانه‌ی خدا قدم گذاشتید یاد من هم باشید و در فرصتهایی، مرا به روحانیون معرفی نمایید، که کار از محکم کاری عیب نمی کند، بالاخره باید در این سالها توشه‌ی راه اندوزم، البته بنده سابق بر این زیاد خیّر نبودم و به همین دلیل از خدا هم دور مانده بودم، ـ مرد روحانی با نیم نگاه خود قطرات عرق صورت روحانی نما را خنک کرد و گفت: و حالا نزدیک شده‌اید؟ ـ روحانی طلب پاسخ داد: بله حالا من در سال دو شب، از شبهای مقدس را شام مفصلی می دهم و تمام چاق های کوچک و کوچکهای چاق و همه‌ی اعیان را دعوت می کنم،

امسال هم عده ای از نیازمندان محترم را دعوت کرده بودم، بعد از شام بیایند و کیسه اشان را پر کنند، یعنی بنده آگهی بزرگی در نشریات بچاپ رساندم و از مردم نیازمند محترم تقاضا نمودم برای بردن خیرات با کیسه های خالی و دعای خیر خود را به خیرات ما برسانند، ولی جای تعجب است که آنها نیامده بودند البته در خیرات آن دو شب همه ی مهمانان عالیقدر رضایت خود را ابراز داشتند و ما بقیه آذوقه را بار کرده و به رودخانه ریختیم تا برکت خدا در آب جاری شده مزارع را رونق دهد.»

مرد روحانی، در ضمنی که تعجب از دیدگانش به زمین می ریخت و کفشهایش را روی زمین می سائید که روحانی طلب متوجه عمق تأثر او نگردد، گفت: «بنا بر این شما باید توصیه مرا به فرشتگان آسمانی نمایید، نه من حقیر که در عمرم هرگز نتوانسته ام نیکوکاری های شما را در معیاری خیلی پایین تر بجای آورم.»

مرد روحانی طلب در جواب گفت: «نه آقا می دانید من ثروت زیادی همراه دارم و در شهرهای سر راه نیز چیزهایی خواهم خرید و معاملاتی انجام خواهم داد، ولی میل دارم در آن سوی پل، اگر تصمیم به ایجاد خانه ای برای خدا گرفتید، شما را یاری کنم و البته شما نیز نام و القاب مرا در یک کاشی زیبا نوشته و در کنار در، خانه ی خدا نصب خواهید کرد، می دانید ما همه در آن طرف ناشناخته ایم من می خواهم در آن جا نیز به

نیکی و روحانی بودن معرفی شوم و محض رضایت خاطر خداست که این گونه تقاضا می کنم وگرنه در اصل بنده زرنگی کرده ام و توشه ای برای آن دنیا اندوخته ام که خیالم راحت باشد. راستی آقا شما فکر آخرت را کرده اید منظورم اینست که اگر برای خودتان مقبره ای ترتیب نداده اید من می توانم شما را یاری دهم، می دانید من بالاخره همه جا یک خورده آشنایی دارم و با تخفیف می توانم کاری برایتان صورت دهم، البته مقبره ای که برای خودم خریدم بسیار زیبا و دلباز و قیمتی است، از قلب خوبی که من دارم سنگهایی که در این مقبره بکار رفته است از سابق تا بحال ارزش بیشتری پیدا کرده اند و همه ی رفقای معامله گر من غبطه می خورند که چرا آنها به موقع به فکر آخرت خویش نیافتاده اند. بلی، بهر حال، آیا می خواهید در آن طرف خانه ای برای خدا بنا کنید یا خیر؟ و می خواهید که مقبره ای برایتان دست و پا کنم؟ البته اگر در این طرف بخواهید، یکی شبیه مال باجناقم با نرده های بسیار زیبا و سنگهای یشمی، آفتابگیر نزدیک خودمان تهیه می کنم و فراموش نکنید که اگر بعد از صد و بیست سال شما مرحوم شدید خیرات شما نیز مجانی است چون وابستگان من وقتی سر قبر فامیل می آیند آنقدر آجیل و میوه می آورند که می شود یک گروهان را سیر نمود، بنا بر این برای شما هم می توانند خرج کنند چون آن وقت همسایه ما هستید، بله آقا بنده وقتی پدرم

حاج آقا بزرگ مرحوم شدند از همان شب اول خیرات مفصلی کردم، تمام بزرگان شهر هفت شبانه روز در خانه‌ی ما می خوردند و فضای منزل ما پر بود از بادکنکهای ارادت و حسن نیت مردم که در اوج گیری یکی پس از دیگری می ترکیدند، بهترین کباب و بهترین خورش ها و دسرهای عالی مهیا گشته بود، باور بفرمایید آن قدر پذیرایی شاهانه بود که حتی شبی چند عکاس حرفه ای بگمان این که عروسی مجللی است برای عکس برداری آمده بودند، هر شب مقداری از غذاهای کمیاب را دور می ریختیم. اطلاع دارید که قدرتمندان مضطرب اغلب در خوردن شام امساک می کنند ولی من مجبور بودم آبروی ابوی محترم را حفظ کنم که خدا را شکر روزهای پر برکتی بود و یکی از تجار بزرگ هر وقت مرا می بیند می گوید: دست مریزاد چه روزهای پر برکتی، غذاهای عالی و معاملات پر سود. می دانید آخر چند نفری در همان مجلس ترحیم ابوی در حین گفتگو و معارفه معاملات کلانی انجام دادند، البته جایتان خالی تا پاسی از شب چلچراغ سالنها روشن بود و شادی دقایق را روی میز برای همه گسترده بودیم و گفتگوهای صمیمانه در فضا غوطه می خورد، یادم می آید که یکی از محترمین اصناف هر شب با زن و بچه هایش می آمد و سیر می خورد و برای ثوابش یک قابلمه هم غذا می برد و بالاخره هم از خوردن زیاد مریض شد و همیشه افسوس آن دو روز آخر در دلش بود که در مجلس خیرات ما

نصیب کامل نبرده است. بله آقا ما عمرمان را زیاد هم بیهوده تلف نکرده‌ایم و احکام خداوندی در مد نظرمان بوده است.»

در این موقع مرد روحانی که از پنجره بیرون را نظر میکرد و گاهی هم نیم نگاهی به او می افکند با آرامش خاص خود گفت: «می بیینید آنجا خانه خداوند است. آن جا را خوب نگاه کنید و متاسفانه من و همکارانم نمی توانیم چنین خانه‌ای بنا کنیم زیرا ما ابزار لازم را هرگز نخواهیم داشت هرگز، «مرد روحانی طلب فوراً گفت من که چیزی نمی بینم کدام خانه را می گویید، در این چشم انداز که خانه‌ای بچشم نمی خورد. روحانی گفت «نگاه کنید آنجا را میگویم برکه‌ای از آب پاک باران، پرندگانی، درختانی، و بوته های بیشمار که نسیم ذرات گرم آفتاب را چاشنی سکوت پر شعفشان نموده است، آنجا همه در خانه‌ی خداوند میهمانند.»

در این لحظه روحانی طلب گفت: «بله، منظره‌ی قشنگی است البته که تمام موجودات از خوان بیکران الهی سیراب می شوند» این جملات را گفت و با سکوت به افکار درهمش آرامشی بخشید.

در ردیف عقب اتوبوس مردی بنام سینگومعرکه گرفته بود، گروهی دورش جمع شده بودند تا برایشان فال بگیرد. او به خانمی که در کنارش نشسته بود و کف دستش را مقابل چشمان سینگو گرفته بود تا از سرنوشتش بگوید، نگاه شیطنت باری

افکنده گفت: «خانم شما خیلی خیلی قشنگ هستید، من فقط می توانم شما را به شکوفه‌ی بادام و یا به طراوت برگهای گل ارغوان تشبیه کنم، می بینم ثروت زیادی به همراه خود می برید،» زن در تأیید با لبخندی گفت: «می دانید ما دیگر از زندگی یکنواخت خسته شده بودیم و واقعاً به من و بچه‌ها و شوهرم بد می گذشت، اوایل زندگی تلاش زیادی برای بدست آوردن همین ثروت کردیم که می خواستیم بهترین خانه‌ها را داشته باشیم، این اواخر با کمال تعجب متوجه شدیم، آنان که برای روشنی خانه‌های بزرگ و ارزشمند ما تلاش می کنند، از ما بیشتر بهره می برند، آفتابی را که بر زمینی که ما مالک هستیم می تابد، آنها با اشتیاق می بلعند و از تازیانه نمی هراسند و رستنی‌ها در شادابیشان خود را به دست آنان می دهند و نسیم سحرگاهی زودتر از ما چهره‌ی کبود آنان را نوازش می کند، منزلهای ما که با سنگهای قیمتی بنا شده است در محدوده‌ی تلاش آنهاست و دیوار مرمرین خانه‌های ما چهره‌ی تیرۀ آنان را بهتر از اربابانشان متجلی می کند و ما افسرده و دلگیر شدیم، این قیمتهای گزاف را ما می پرداختیم و این بهره‌ای نبود در خورما، و آنان نیستند در شأن ما و این سرنوشت غم انگیز بود که باعث شد خود را در اتوبوس به دست شانس بسپاریم، باشد تا بیشتر بدست بیاوریم زیبایی شهرهای دیگر را و تملک کنیم درخشندگی افزونتری در آن سوی پل.»

سینگو گفت: «شما می توانید در آن سوی پل دستیار من بـشوید، من شدیداً به یک چنین خانم زیبایی برای پیشرفت مؤسسه‌ی طالع بینی ام احتیاج دارم، حتی می توانید در سرمایه گذاری‌ها با من شریک شوید اگر که ثروتی داشته باشید» زن جوان فوراً با فریاد کوتاهی گفت «اوه بله، البته که ثروت مال من است»، و با لبخندی ادامه داد: «البته روی پیشنهاد شما فکر خواهم کرد.» طالع بین، سینگو گفت: «خوب خانم جوان برویم سر اصل مطلب کف دست شما گویای حوادث گذشته و اتفاقات آینده است، ذهنتان را بمن بسپارید تا من شرح وقایع را برایتان بازگو کنم، زندگی، برای شما بمانند دستیابی به عمق دریا بوده است، شما به صدفهای بینظیری دست یافته‌اید، ولی بدون آن که پوسته‌ی صدف را برای کشف مروارید داخلش جدا کنید دو باره آن را به دریا افکنده‌اید، در اطراف شما همیشه زیباترین اشیاء تبلور و جلای خاصی داشته‌اند و شاید به همین علت چیزها را بصورت واقعی که هستند ندیده باشید، مورد علاقه بوده‌اید و دلبستگی هایتان کمتر دلبستگی به ذات و وجود شیئی بوده است، بلکه بیشتر بخاطر استفاده‌ای کوتاه از چیزی که در وجودتان شعله‌ای از تمنای داشتن برانگیخته است، به هر شکلی آغاز تملک آن شیئی را نموده‌اید، راه زندگی شما متزلزل، مواج و پرپیچ و خم، ولی آرام و آزاد به همراه آسایش نادری بنظر می رسد، روزگاری دور، شما از اسب بزمین افتاده‌اید و هنوز از این

که اسبی تحمل بدن شما را بر پشتش نکرده است، رنج می برید، نه از صدمه‌ای که بخاطر تصادف با زمین برایتان پیش آمده است، گاهی دل گرفته و اندوهگین هستید و کسی نتوانسته است علت غم شما را دریابد و اشک گهگاه شما بخاطر تنگی مسیری است که طی می کنید، شما در جاده‌ای قدم بر می دارید که در دو طرف، اشیاء شیک و گرانقیمت روی دیوارهای آیینه کاری شده تا به آسمان چیده شده‌اند و جلای همه ی چیزهایی که اطراف شما را گرفته است مانع می شود صحنه ی دورتر از خودتان را ببینید، شما بجای نوشیدن نور از چشمهٔ خورشید همواره دست نیاز بسوی چلچراغهای الوان دراز کرده اید و این اغتشاش نور حیاط دید شما را با تمام ثروت، کوچک و غمگین ساخته است و هنوز در اعماق روحتان فریادی شما را به خارج از حباب بلورینی که در آن نفس می کشید، می طلبد و اگر که دریابید ستاره ی بختتان بلند است و درخشان، بشرط آن که بتوانید راه را بگشایید تا نورش بر کاروان شما بتابد و اما جدایی می بینم در طالعتان، ـ میان حرف سینگو زن جوان با شتاب گفت: «اوه بله من دیگر از این زندگی خسته شده‌ام من باید جدا شوم از همسرم می فهمید. بخاطر این که آن جا که می رویم همه چیز جدید و تازه است و من در سطحی بالاتر زندگی خواهم کرد و البته همه چیز را، حتی همسرم را باید جدید و مدرن انتخاب کنم ـ سینگو گفت، خانم، ما همه جدا می شویم

جدا از هم جدا از راهمان و جدا از آرمانهایمان و البته از دلبستگی هایمان.»

زن جوان گفت: «من بهترین ساخته ها از شگفتی های دانش امروز را در آن سوی پل آرزو می کنم، خانه ای در بلندی تپه غرور که دیده‌ی رهگذران از دریچه‌ی حسرت بر آن بیفتد تا ضربان قلب من آرامشی به امواج دریای خوشبختی ام بخشد، گرمای خانه‌ی ما از سوزش قلبهای کوچک بوته های سر راه تأمین خواهد گردید و آب گرم باران را در استخری که دیوار روشنش عمق دریاها را بنمایاند گرد خواهم آورد و امواج پراکنده و پربهای رنگ ها را از تمام سرزمین ها به تنوع چهره و لباسم می افزایم و غرور را در شربت مستی بخش خود بلند بینی آمیخته و در بلندترین جامهای درخشان بیخبری می نوشم، ولی حسرت من تا بحال زدوده نشده است، چرا که آفتاب بمن بی‌مهری نموده و تابش انوار خود را بر سر خانه‌ی با شکوه و بلند من بهمان اندازه ارزانی داشته است که بر بام کلبه های غم گرفته و مسکین چهره‌ی دیگران.»

***

زمانی رنگارنگ به وسعت پهنای دیدن از دریچه های اتوبوس، آرام آرام باریک و باریکتر گردید و ذرات مه مانند به رنگ هیچ همه‌ی جاده را پوشاند. آن گاه شتاب لحظه ها چون قطرات آخرین تلاش باران به تأنی در برکه ای تنها فرو غلطید و صدایی در بلندگوی اتوبوس به انتظار پر حسرت عده ای بی شمار پایان داد:

اکنون به شهر گوهرین وارد شده‌ایم، برای کسانی که میل وافر به دیدن شهر و دست یافتن به جواهرات بی نظیر داخل شهر دارند، راهنمایان خبره و کهنه کاری با گشاده رویی در خدمتگذاری آماده می باشند. اینان سالیان دراز است که راه دستیابی به سنگ های قیمتی و بی نظیر را بر روی مسافرانی که از کوتاه بودن زمان برای اندوختن دلگیرند، و با تمام اندیشه خود در جستجوی یافتن سنگهای درخشان و قیمتی از بذل آنچه که در حیطه‌ی قدرت خویش دارند، دریغ نمی ورزند، می گشایند.

راهنمایانی که هزاران سال به آسانی و سادگی درهای گران قدر و سنگین را با حرکتی به گردش درآورده و عطش مسافران پر جنب و جوش را با ارزانی قیمتی ترین سنگهای دنیا، فرو می نشانند.

برای دستیابی به مغازه‌ها و محله‌های مرکزی شهر که تجمعی از درخشان ترین و جدیدترین فروشگاهها بود، باید سلسله مراتب خاصی طی می شد، بر طبق روال قدیمی از اولین مغازه‌های کوچه‌ای که مسافر ابتدا پیاده می شد می باید اشیایی را خریداری نماید و اگر می توانست خود را با شرایط مخصوص خرید اشیاء متبلور قیمتی وفق دهد و صاحب اندوخته‌ای گردد، آن وقت اجازه داشت همراه گروه دیگری به مسیر خویش به سوی مراکز درخشنده قیمتی ترین سنگها و جواهرات دنیا، ادامه دهد.

شهر در سرازیری قرار گرفته بود و هر چه از طریق راههای مختلف به داخل شهر نزدیک می شدی همان قدر از دیدن مناظر طبیعی اطراف و کوهها و آخر الامر پهنه‌ی آسمان محروم می گردیدی، در مرکز شهر نورز یاد سنگهای نایاب، دود غلیظ سیگارهای ثروت را در مقابل دیدگان به اشکال مختلف ظاهر می نمود و فضا را بوی عطر و الکل و الفاظ دروغین انباشته بود و در دست مردم اعداد و ارقام در میان اسناد با رقص پر شتاب خویش بر اعصاب و اندیشه ها سوهان سر در گمی می کشیدند.

نگاههای حسرت بار، زمانهایی و یترین‌های زیبا را زیر نظر می گرفتند و درخشندگی خاص جواهرات گوناگون و سخنان گیرای فروشندگانی که لبخند دوستی از چهره‌شان محو نمی شد، مشتری‌های بیشماری را مجذوب دستیابی به این سنگهای قیمتی می کردند. فروشندگان بترتیب از زیبایی و جلوه‌ی بینظیر جواهرات خود سخن گفته و به مشتاقان مجذوب شده‌اشان نشان می دادند که چگونه با به دست آوردن این سنگهای گرانبها حل مشکلات بی شماری آسان می گردد.

در یکی از این مراکز مسافرینی به دور فروشنده‌ای جمع شده بودند، فروشنده گوی جهان نمای خود را روی میز قرار داد و به شیفتگان درک قدرت سنگ، روی نموده گفت: «شما اکنون می بینید اشخاصی را که صاحب مقداری از جواهرات و سنگهای قیمتی هستند و بوسیله همین گوهرها در چرخش های روزمره، مشکلات و پیش آمدهای ناگوار خود را به آسانی از میان بر می دارند و مردم با نگاه بدرون گوی جهان‌نما دیدند اشخاصی در دست خویش مشتی سنگهای قیمتی، فشرده دارند و چه آسان مورد لطف و احترام دیگران قرار گرفته و در رفت و آمد خود در شهرهای‌شان درهای گرانقدری بسرعت در مقابل قدم‌شان از هم گشوده می گردد و مردم کوچه و خیابان با دیدن اینان سر تعظیم فرود می آورند و لبخند احترام بدرقه‌ی راه‌شان می کنند. مسافران جذب سخنان فروشنده شده و هر آنچه که او

بیان می‌کرد چون فتنه‌ای هوس انگیز از جلوه‌های شیطان بر دلشان می‌نشست و نیاز به داشتن سنگ در آنان قوت می‌گرفت.

در گوشه‌ای دیگر، باز عده‌ای گرد فروشنده قرمز پوشی درآمده بودند و مسحور توضیحات شیرین وی، لباس قرمز پر موج فروشنده حرکات موزون و لبخند عطوفت‌آمیز او و چشمان زیبا و پرکشش وی کلاه زرد خوشرنگ با منگوله‌های قرمز رقصان و رشته‌های درخشان از گوهرهای نایاب که با هر حرکت بر روی سینه‌هایش نورافشانی می‌نمود و بوی خوش عطر دلپذیری که از وی ساطع می‌گردید، افراد را گرد خود میخکوب کرده بود و کم کم دیدگان فقط به یک نقطه‌ی درخشان که بمانند مرکز نورانی گردابی جلوه می‌کرد، خیره گشته بودند.

فروشنده آنگاه که همه را مست سخنان خود دید برای نشان دادن مزایای بی‌شمار دستیابی به سنگهای قیمتی، گوی جهان نما را در مقابل دیدگان حسرت بار آنان گرفت و در همان لحظه مسافرین زنی را دیدند که در شهری گردش می‌کند و در هرنگاه، هوسش را با لباسی زیبا که از قشنگترین هماهنگی رنگها بر تنش دوخته می‌گردد شادی می‌دهد و او شام را در زیر نور چلچراغ‌های الوان و رشته نگاه‌های تحسین‌آمیز می‌خورد و سحر را در جامه‌ی رویای خوش غرور درود می‌گوید. خانه‌ای که از سنگهای قیمتی روز است مال اوست و در بیست و چهار

سفره‌ی رنگین غذای هوس می‌چیند و خواب وجودش را در سیصد و شصت و پنج اطاق پرنیانی در آغوش آسایش نسیم می‌پذیرد و آن هنگام که به گردش است سگی، همرنگ موقعیت زمانی خود به همراه دارد و نگاه ساکت نیازمندان، او را در هیجانی لذتبخش فرو می برد و از اشیاء زیبا و قیمتی والوان، برجی ساخته است تادقایق را در آن برج در رقص نورها محبوس کند.

آنگاه فروشنده گفت: «و خون او از خون شما رنگین‌تر است و همه نگریستند و خون او را دیدند که بسیار رنگین‌تر بود، پس فروش آغاز شد، و در مقابل متاعی کم ارزش، خیلی راحت می شد به سنگهای قیمتی دست یافت.

مرد چاقی با زحمت ازمیان ازدهام مردم راهی بفروشنده باز نمود، در حالی که دست زن و پسرش را گرفته بود وکشان کشان به دنبال خود می کشید قیمت یک سنگ خوشرنگی را که با قدرتش می شد چند کار مختلف انجام داد و براحتی سربالایی ها را طی کرد، جو یا شد. فروشنده با لبخند مهرانگیزی سنگ را به وی داد وگفت: «قیمت این سنگ چندکاره خیلی ارزان است همینقدر که دست پسر خود را رها کنید، این سنگ پر بها به شما تعلق می گیرد.

در کوچه‌ای دیگر در داغی نور چراغها که ازمیان پوشش مه صورتی رنگی فضا را روشن می کرد، مرد و زن مسنی که

کیسه اشان از سنگهای قیمتی انباشته بود جویای سنگ پر بهاءی دیگری بودند و شرایط فروشنده باز چندان مشکل نبود، مرد باید به آفتاب پشت می نمود و رشته‌ی نیاز و الفت خود را با آفتاب می برید، و زن اصرار داشت که مرد فوراً به سنگ مورد نظر دست یابد و او را تشویق می کرد: «مگر نه اینکه ما در بیشتر مواقع زیر آسمان ابر گرفته محبوسیم، چه بهتر که برای همیشه دریچه آفتاب را بر روی خود به بندیم و نیازی در ما به آفتاب نمی بینم، الا به این گوهر گرانبها و مرد در دستهای زن نرم و متقاعد گردید.

بر سر بدست آوردن سنگی بزرگ و درخشان رقابتی بود میان دو خانواده که هر خانواده سعی می کرد سریعتر بهای مربوطه را پرداخته و به سنگ، دست یابد، و دو فروشنده‌ی زیبا و خوش لباس زن و مرد، شرایط سهل دستیابی به سنگ مزبور را با لبخندی مهرآمیز بر زبان می آوردند.

فروشنده‌ی زن صورتی چون گل یاس چشمانی بماننـد سرچشمه‌ی آرزوهای نیلگون و کلامی چون عبور نسیم جلگه های بهاری بر بدن سوخته‌ی صحرا و لبخندی چون شکوه خنده‌ی صبح بهاری، داشت، لباسش از درخشان‌ترین حریرهای سبز بود که تزئینی از امواج گلهای زرد خوش عطر، زیبایی بی نظیری به وی می بخشید، گیسوانش بمانند رشته های بلند و ظریفی از طلا و نقره‌ی ناب در امواج نور سرخی که از انار دو پاره

شده‌ای می‌تابید، در رقص بودند. و مرد فروشنده که چهره‌ای برازنده‌ی بزرگان داشت نگاهش عمق دریاهای پر برکت پر گنج را تداعی می‌کرد و در صلابت گفتارش، گاه شماری فصلهای موهبت‌آمیز را می‌شد تشخیص داد.

هر دو خانواده با خضوع کامل در مقابل فروشندگان پر ابهت زانو زده و متاع های درخواستی را یکی پس از دیگری بفوریت می‌پرداختند تا گوهر گرانبها و کمیاب را بچنگ آورند. اولین متاع پرداختی صداقت بود که خیلی راحت هر دو خانواده از دیدگانشان بیرون آورده و در جلوی پای فروشندگان گوهر، بر زمین افکندند.

تا این لحظه هر دو خانواده بسیار خوشحال بودند و امیدوار بودند که به این سنگ پر ارزش دست خواهند یافت. متاع بعدی استفاده از چهره‌ای دیگر در زمانهایی مقتضی و گاهی طولانی و همیشگی بود، مگر نه اینکه خیلی از افراد درگذران راه خود از چهره‌ای دیگر بهره می‌برند واین خود موهبتی است که از آلام و اوهام درون می‌کاهد.

آری، بقیه نیز به همین منوال به سادگی گذر روزها به سنگهای پربهاء دست می‌یافتند واین اشخاص در حین راه یافتن به مرکز شهر سنگهای گوهرین، فوراً یکدیگر را از طریقه‌ی پرداخت بهای گوهر می‌شناختند و درود مخصوص یکدیگر را جواب می‌گفتند و نگاهشان رشته‌ای بود که آنها را بیکدیگر

گره می‌زد.

از جمله پرداختنی‌های مشخصی که این جماعت نشان می‌دادند گسیختگی رشته‌ای بود که طبیعتاً می‌بایست بین آنان و آسمان در احتزاز باشد.

آنان خورشید را نمی‌دیدند و اکثراً از رشته‌های تابنده‌ی آفتاب بدور بودند.

سحر را نمی‌شناختند و از نسیم چون ذرات تیره دودی فرار می‌کردند.

دروغ که خود را بر جامه‌شان وصله کرده بود، با حرکت لبها و دستهایشان در شعفی شیطانی می‌رقصید.

محبت بین شاخ و برگها را به شکل قوطی‌های کنسرو درآورده و با طنابی دراز بدنبال خود می‌کشیدند و بر روی جسمشان فقط جا و قدرت حمل کیسه‌های سنگهای قیمتی بود که تنشان در زیر فشار سنگهای پر بهاء آزرده و دیده‌ی حسرتشان گشاده‌تر گشته بود.

ناگهان روحانی از میان جمعیت که گرداگرد فروشندگان جمع شده بودند فریاد برآورد: «نگاه کنید آنان که متاع درستی پرداخته‌اند و متعهدند که تزویر کنند، بار سنگهای قیمتی اشان سنگینی می‌نماید و رنجی که از حمل این بار درخشان و پر بها می‌برند ترحم انگیز است، و شما با نگاه مست و کاذب زیر مرداب هوس، می‌نگرید این مردم پر قدرت را.

و او مردی را نشان داد که بر کرسی بلندی ایستاده بود و در میدان شهری برای جماعتی سخن می راند، تختی گرانبها زیر پایش بود و ملکی آباد پشت سرش و سفره ای رنگین در مقابل دهانش و مشتی مسکین فرمانبردار زیر دستش، و آنگاه که همه دیده بودند این داستان را، رو به جماعت کرده گفت: «حال بردارید پرده ی آویخته شیطان را از مقابل دیدگانتان و در زیر انوار آفتاب یکبار دیگر نگاهی افکنید باین مرد». و مردم دیدند مردی کیسه ای بر دوش که از سنگینی آن بار گران تا بزانو خم گشته است و سر بزرگ و طاسش در زیر حرارت آفتاب صحرا می سوزد و از درون لباس تیره و پر بهایش بخاری به رنگ و بوی گنداب ها بیرون می زند و پاهایش در درون کفش براق و شیکی، باد کرده است و از درد فریاد می کشد، به خاطر سنگینی باری که بر دوش دارد آسمان صاف و درخشان را نمی بیند و راه یکنواخت را بسختی طی می کند و از لرزش جسمش پیداست که از هراس از دست دادن تنها اندوخته اش در تب و تاب کشنده ای است، و حلقه های پشتیبانی و کمکی را که در شهری دور گم کرده است، اکنون در باریکه راهی در بیابان می جویدش و قدرت دور کردن نقاب تزویر را از چهره اش ندارد و در اطراف خویش دیگران را نیز با چهره ای کاذب می بیند و او قدرت تمیز دادن لبخندهای پیوند دوستی را از پوزخندهای نیشدار دشمنی، از دست داده است و از اینکه راهی

دراز را بجای قدم گذاردن بر دشتهای آباد و نوشیدن ذرات پر برکت آفتاب و همراهی نسیم پیام‌آور، در تونلی پیموده است بدون آسمان که از چراغهای الوانی که حباب‌های زمان را می‌بلعند، روشنایی می‌گیرد و در دیوارهای مرطوب و مبهمش نگاه‌های کنجکاوانه‌ای لرزش شک و تردید بر مسافر مستولی می‌کند، خجل است.

و آه از نهاد جمع نظاره گر برآمد، که در حقیقت چنین بود. در لحظه‌ای دیگر چراغها خاموش شد و شهر در تاریکی فرو رفت و تصمیم به اخراج روحانی گرفته شد و از هر سوره بر وی ببستند تا اینکه ناچاراً با جمعی که دیده بگشوده بودند رو به ستارگان از آنان فاصله گرفت.

روزهائی از مدرسه

با قلقلک نسیم سرد صبح پائیزی از خواب بیدار می شوم. با چشمان بسته لحاف را روی پشتم می کشم که حس می کنم از سرما یخ زده است، زیر چشمی روشنائی هوا را بررسی می کنم و دلم می خواهد دقایقی بیشتری توی رختخواب بمانم، ولی روشنی آسمان از پنجره‌ی باز بدرون اطاق خزیده است و نسیم سرد صدای حرکت اتومبیلها را نیز از خیابان به داخل می آورد.

بالاخره با تنبلی از جایم بر می خیزم، می دانم که طبق معمول هر روز صبح باید عجله کنم، صدای مادرم در گوشم طنین می افکند که «تکان بخور مدرسه ات دیر می شود» سر صبحانه نیز آخرین نفرم که با غر زدن مادرم از جایم بلند می شوم، صدای مادرم از آشپزخانه می رسد که می گوید «نمی

دانم تو به کی رفته ای که این قدر فس فس می کنی امروز هم دیر می رسی به مدرسه‌ات)) می گویم، ((من مثل قرقی می رسم پیش از این که زنگ را بزنند بنده توی کلاسم)) خواهرم هنگام بیرون رفتن می گوید: این بالاخره خودش را با این دوچرخه کورسی اش به کشتن می دهد. دقایقی بعد لباس پوشیده آماده رفتنم که مادرم سر پله ها نگهم می دارد و آهسته لبهایش تکان می خورد، مثل هر روز صبح دارد برایم دعا می خواند، و وقتی خوب به صورتم فوت کرد از پله ها پایین می پرم و دور از چشم مادرم از رختهای شستهٔ روی بند توی حیاط تکه ای را که بنظرم چیز قابلی نمی آید پائین می کشم و تند تند دوچرخه‌ام را پاک می کنم و با یک جهش می زنم به کوچه.

خوشبختانه به موقع به مدرسه می رسم با یک پرش از چرخ پایین می آیم چندتا از دخترها و پسرهای مدرسه امان هم با من به دم در می رسند. هیچکدامشان مال کلاس من نیستند، کمی صبر می کنم تا آنها اول داخل شوند، در همین لحظه مثل همیشه یک نگاهی به تابلوی دم در می اندازم، از اسم مدرسه امان خوشم می آید، و هر وقت کسی می پرسد: کدام مدرسه می روی و من می گویم ((کوروش کبیر)) احساس غرور و لذت می کنم. حالا به کنار حیاط رسیده‌ام و دوچرخه‌ام را با احتیاط کنار دوچرخه های دیگر پارک می کنم، و نگاهی سریع به همه دوچرخه‌های پارک شده می اندازم، شاید لبخندی

می زنم که دوچرخه‌ام یکی از دوچرخه‌های شیک مدرسه است. از راهرو پله‌ها را دو تا یکی به طرف بالا می پرم. در همین لحظه یکی از بچه‌ها را می بینم، می گویم «هی صدقی اگر توانستی مثل من پله‌ها را یک پایی تا آخر بدون مکث بروی؟ او منتظر است که آیا من می توانم یا نه، و من بدون معطلی پله‌ها را یک پایی طی می کنم. تا سر بالکن روی آخرین پله تقریباً با کسی تصادم می کنم، محکم جلویم ایستاده است، می خواهم اعتراض کنم، روی زبانم است که بگویم، هی بکش کنار تا می آیم با چشم غره دهن باز کنم، فوراً خشکم می زند، آقای نباتیان ناظم دبیرستان سینه به سینه‌ی من ایستاده است، فوراً سلام می گویم و او به جای جواب سلام می گوید حجازی مراقب رفتارت باش، هم غیبت زیاد داری و هم بی انضباطی می کنی.

می گویم، آقا، ما کی بی انضباطی کرده ایم؟ می گوید: پس روی پله‌ها چرا جفتک می اندازی. می گویم آقا این ورزش است ما داریم ورزش می کنیم. همان طور که از پله‌ها پایین می رود می گوید: بروسر کلاست ما جای ورزش داریم.

چند روزی است دوچرخه‌ام را به مدرسه نمی آورم. چند روز پیش اتفاق بدی افتاد. با دوچرخه ام خوردم زمین، تازه نوار قرمز بهش بسته بودم و طوقه هایش از تمیزی برق می زد، همان

روز زنگ آخر که خورد با یکی دو تا از بچه‌های دوچرخه سوار، دم در مدرسه گپ می زدیم، شاید یکی از آنان چشمش شور بود و به دوچرخه‌ام نظر زده بود، و وقتی بطرف منزل می راندم درست نزدیک مدرسه‌ی دخترانه‌ی ((کوشش مریم)) با کله خوردم زمین، هنوز پیاده رو پر از دخترهای خوشگل ارامنه بود، بزحمت از جایم بلند شدم و سعی کردم کتابهای پخش و پلا شده را زودتر جمع کنم، صورتم از خجالت گر گرفته بود و بدنم هم درد می کرد، صدای همهمه و خنده‌ی دخترها را از توی پیاده رو می شنیدم، و بالاخره خودم را زودتر جمع و جور کردم و زدم بچاک و همین شد که یک چند روزی من و دوچرخه‌ام از هم قهر بودیم، هر چند نه تقصیر او بود و نه تقصیر من.

توی هر کلاسی که باشم جای من کنار پنجره است، اگر کنار پنجره ننشینم و لحظه لحظه بیرون را نگاه نکنم دق می کنم، دلم می گیرد، توی این کلاس هم بهترین جا مال من است، و همین الان هم دارم بیرون را نگاه می کنم، و از اوضاع داخل کلاس هم خیالم راحت است، تاریخ داریم و من درس تاریخ را، دیروز در حین گپ زدن و از این در و آن در حرف زدن با دوستم (بی بیان) مروری کردم و همه‌اش در حافظه‌ام ضبط شد، می دانم که مغولها از کجا آمدند و به کشور ما حمله کردند و خراب کردند و سوزاندند و بعد دیدند جای خوبیست، ماندند و بعد بیشتر خوششان آمد و بعدها یادشان رفت که مغول بوده‌اند.

راستی ما توی کلاسمان یکی داریم که از بندر گز آمده است و خیلی شبیه مغولهاست و پسر محجوب و خوبی است، الان من دوچرخه‌اش را از کنار پنجره می بینم آخرین دوچرخه مال او است کنار دوچرخه‌های دیگر بین حیاط دخترانه و پسرانه پارک شده است، وسط حیاط دخترانه گروهی از دخترها مشغول حرکات نرمش هستند. و آقای پردیس هم لباس ورزش پوشیده و خودش هم گه گاهی بالا و پایین می پرد و گاهی هم فریادی می زند و ایرادی می گیرد، این را هم باید بگویم که تنها نمره‌ی بیست توی کارنامه‌ی من همین ورزش است، خوب بالاخره بیست هم توی کارنامه دارم.

راستی، این مدرسه جای خوبیست هر چند گاهی بروبچه‌ها این طرف و آن طرف یک کمی شلوغی راه می اندازند و گاهی جر و بحثی، ولی محیط مدرسه کاملاً دوستانه است و اگر قرار باشد به مدارس نمره‌ی انضباط بدهند، مدرسه‌ی ما باید نمره‌ی بیست بیاورد ولی این آقای نباتیان فکر می کند هر کجای مدرسه سر و صدائیست زیر سر من است و من فکر می کنم که مدرسه‌ی ما احتیاجی به ناظم ندارد، راستی نمی دانم چرا ناظم ما به مرخصی نمی رود و همه‌اش مواظب من است که توی حیاط کشتی نگیرم، در صورتی که آقای باروخ بروخیم به من نگاه هم نمی کند، چرا فقط گاهی زیرچشمی نگاهی می اندازد و سلام مرا که تقریباً مثل فریاد است به آرامی پاسخ می

گو ید.

دیروز امتحان ریاضی داشتیم من که چیزی سرم نمی شود و اصلاً نمی دانم چرا این اعداد بی گناه را می برند زیر رادیکال جذرشان را می گیرند و بعد با گرفتاری و مشکلات دو باره از زیر رادیکال بیرون می آورند، بنظرم می آید که این کار برای آدمهای خیلی چاق خوب است که بروند زیر رادیکال و جذرشان گرفته شود و وقتی که خوب لاغر شدند بیایند بیرون، به هر حال دیروز سر جلسه‌ی امتحان به کمک یکی از دوستانم تقلب کوچکی کردم و جوابها را از روی ورقه‌ی او نوشتم و جای تعجب این که امروز که جواب امتحان را اعلام کرده بودند نمره‌ی من بهتر از او شده بود، من خنده‌ام گرفت و او عصبانی که به گرمی دستش را فشردم که دلخور نباشد.

راستی گفتم به گرمی، امروز هوا حسابی گرم شده است و من بعد از امتحان آخری زودتر از همیشه دارم بخانه می روم، خیابان شاه را از چهارراه شیخ هادی تا سر خیابان فروردین یک نفس پا می زنم سر خیابان فروردین یک دور وسیع به دوچرخه‌ام می دهم و روی تنه‌ی دوچرخه‌ام می نشینم و سرازیری تا در منزلمان بدون پا زدن می رسم، مثل همیشه در حیاط نیمه باز است دوچرخه را گوشه‌ی حیاط جای همیشگی می گذارم و تا از پله‌ها خودم را به راهروی ساختمان برسانم سهیل پسر کوچک همسایه‌امان که عاشق دوچرخه من است و تنها کسی است که

حق دارد به دوچرخه من دست بزند، با خنده‌ای پشت سر من وارد حیاط ما می شود و یک راست بطرف دوچرخه‌ام می رود و شروع می کند با دست رکابهایش را چرخاندن انگار که از صدای نرم و روان چرخیدن ساچمه ها خوشش می آید.

بوی غذا همه جا پیچیده است شاید بوی قورمه سبزی است، من خیلی گرسنه هستم، سر غذا خوردن مادرم می گوید امروز کس دیگری توی رادیو اذان می گوید و دیروز اردبیلی اذان می گفت و چه خوش آهنگ اذان می گفت، من می گویم رادیو به این کوچکی مگر می شود آقای اردبیلی به آن بزرگی برود تویش اذان بگوید، خواهرم فوراً می گوید: یخ کنی، و در عین حال خنده‌اش هم گرفته است.

شاید تازه شروع به غذا خوردن می کنم که نگاهم آرام آرام به دم در اطاق کشیده می شود، لحظه‌ای پیش دم در اطاق پر از کفش بود، انگار جلوی چشمانم کفشهای دم در اطاق محو می شوند، حس می کنم روشنائی خوب روزهای آخر بهار را که اطاق را پر کرده بود گم شده است و گویا ابر سیاهی آسمان را فرا گرفته است، از جایم بلند می شوم و بطرف پنجره می روم مادرم می گوید مواظب میز سماور باش و من سماوری سر راهم نمی بینم، از پنجره نگاهی به حیاط می اندازم، دوچرخه‌ام سرجایش نیست، من خودم لحظه‌ای پیش کنار باغچه زیر درخت مو به دیوار تکیه داده بودمش و خودم دیدم که سهیل داشت با

رکابهایش ور می رفت، بنظرم عجیب می آید مخصوصاً وقتی متوجه می شوم که شاخ و برگی از درخت قدیمی موخانه امان به چشم نمی خورد بلکه فقط تنه ی خشک شده اش را کنار باغچه می بینم که انگار سالهای سال است از غصه قوز کرده و بخوابی عمیق فرو رفته است. به کوچه می آیم و به دیوار منزلمان تکیه می دهم، شاید خواب می یبنم ولی گرمای آجرهای دیوار را در پشتم حس می کنم، ته خیابان جای بازی فوتبال بچه های محل خلوت است، درعوض سر چهارراه نزدیک منزلمان شلوغ است، بچه هایی را می بینم که اسلحه بدست دارند، پسر بچه ای را می بینم که صورتش خون آلود است و کشان کشان می برندش داخل اتومبیلی که درست وسط چهارراه باچراغهای روشن ایستاده است، جمعیت در هم می لولد و چهره ها آشنا نیستند، صداها و کلمات هم همین طور.

بنظرم می رسد که از خانه امان دور و دورتر می شوم، می ترسم به پشت سرم نگاه کنم، نکند خانه امان سر جایش نباشد، هم صدای انفجار و تیراندازی بگوش می رسد و هم ستونهای دود از چندین نقطه شهر به آسمان رفته است.

احساس تنهایی و سر درگمی چون باری سنگین بر شانه هایم فشار می آورد. ناگهان صورت اشکبار زنی را می بینم، لبخندی تلخ بر لب و حرفی با من دارد. می دانم که غریبه نیست ولی انگار زبانم قفل شده است و نمی توانم چیزی

بگویم. نگاهش می‌کنم و او اشک ریزان به سرعت کلماتی را ادا می‌کند و فقط جمله‌ای از حرفهایش چون تابلوی قرمز رنگی از نئون جلوی دیدگانم نقش می‌بندد «بیچاره سهیل چه جوان برومندی شده بود دیدی ننه چه بیگناه توی تیراندازیها کشته شد.»

کنار لحظات نامرادی می‌نشینم و با چشمان بسته هزاران هزار دقایقی را می‌بینم که به هم می‌پیوندند و چون ابرهایی به گونه‌های متغیر در می‌آیند و از صحنه می‌گریزند و من دستم را تا درون این ابرها دراز می‌کنم تا مقداری از آن لحظات دور شونده را بگیرم و نگذارم که برای همیشه از مقابل دیدگانم دور شوند.

- SUNFLOWER
- Firouz Hejazi
- Published by IRANBOOK, Bethesda, Maryland, U.S.A.
- Cover: Daniel Ginter (Idea from Firouz Hejazi)
- Phototypesetting ,Lay-out and Print by:
  PAGE Co., Arlington, Virginia, (703)533-9520

SUNFLOWER

BY

FIROUZ HEJAZI